意林

公元787年，唐封疆大吏马总集诸子精华，编著成《意林》一书6卷，流传至今
意林：始于公元787年，距今1200余年

意林®轻文库

青春最美，梦想出发

中国式好看轻小说优鲜品牌

意林
轻文库

绘梦
古风
系列

074

千凰令

凤谋无双

QIAN HUANG LING SHI YI
FENGMOU WUSHUANG

元宝儿作品
YUAN BAOER WORKS

（十一）

长江出版社
CHANGJIANGPRESS

图书在版编目（CIP）数据

千凰令. 十一, 凤谋无双/ 元宝儿著.
—武汉：长江出版社, 2021.1
ISBN 978-7-5492-6291-5

Ⅰ. ①千… Ⅱ. ①元… Ⅲ. ①长篇小说—中国—当代

Ⅳ. ①I247.5

中国版本图书馆CIP数据核字(2021)第016507号

千凰令（十一）凤谋无双
QIANHUANG LING (SHIYI) FENGMOU WUSHUANG 　　元宝儿/著

出　　版	长江出版社	
	（武汉市解放大道1863号）	
选题策划	安　雅　张　星	
市场发行	长江出版社发行部	
网　　址	http://www.cjpress.com.cn	
责任编辑	李　恒	
特约编辑	魏　娜	
封面绘图	木路吉	
封面设计	胡静梅	
装帧设计	王　宁	
印　　刷	北京中科印刷有限公司	
版　　次	2021年1月第1版	
印　　次	2021年1月第1次印刷	
开　　本	700mm×1000mm　　1/16	
印　　张	10.5	
字　　数	210千字	
书　　号	ISBN 978-7-5492-6291-5	
定　　价	30.80元	

目录

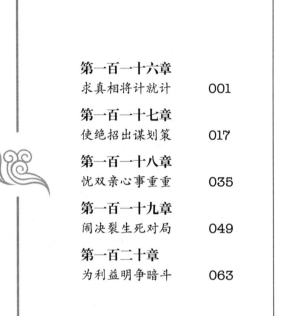

目录

第一百一十六章

求真相将计就计

千凰令
（十一）

凤谋无双

QIAN HUANG LING SHI YI
FENGMOU WUSHUANG

002

带着满腹怒气回到龙御宫的轩辕尔桀，一进宫门，便怒不可遏地摔碎了一只价值不菲的紫砂茶壶。伴随着一道刺耳的碎裂声，两旁伺候的宫人纷纷俯首跪地，无不被皇上的怒气吓得瑟瑟发抖，面色大变。

匆匆尾随而来的周离看到地面上残裂的碎片，冲伏跪于地的宫女和太监们做了一个退离的手势。待宫人们小心翼翼地离开房间，周离亲自将被摔得粉碎的紫砂壶残片一一捡起。

他边捡边劝："身体要紧，皇上千万别气坏了自己。"

轩辕尔桀重重一掌拍向桌案，怒道："洛千凰那个没心肝的女人，居然怀疑朕想要将她活活饿死！如此荒谬的结论，她究竟是怎么得出来的？"

迅速清理完残渣碎片，周离起身说道："按照宫规，即便娘娘身处冷宫接受责罚，也不该在一日三餐上遭到苛待。属下以为，定是有人暗中做了手脚，才导致娘娘对皇上生出这样的误会。"

渐渐冷静下来之后，轩辕尔桀也意识到事情有些不太对劲。难道说，有人想利用帝后失和，趁机将洛千凰置于死地？

这个可怕的念头窜入脑海时，他的心中莫名生出一股寒意。被他牢牢掌控的皇宫，什么时候变得如此危机四伏了？

"周离，朕要在最短的时间内知道事情的真相。"

周离拱手："属下明白！"

不愧是皇上身边的第一心腹，周离的办事效率极为惊人。傍晚时分，一个贼眉鼠眼的小太监被周离提着衣领拎进了龙御宫，他抬起腿狠狠踹向小太监的膝窝处，毫无防备的小太监，当场便被周离踹得跪趴在地。

轩辕尔桀面无表情地看着趴跪在大殿正中的那个眼生的小太监，向周离递去一个询问的眼神。

周离指着瑟瑟发抖的小太监说："长乐宫所有的饮食用度，皆由此人全权负责。"

说着，他在小太监的屁股上踹了一脚，怒道："皇上面前，还不从实招来。"

挨了一脚的小太监此时已经吓得面无血色，跪在地上直磕响头，口中连连告饶："奴才该死！奴才该死！"

坐在案前的轩辕尔桀低声命令："抬起头！"

事情问明之前，轩辕尔桀并不打算将他吓死，他尽量压抑着自己的怒气，平心静气地问："空置已久的长乐宫最近已有人入住一事，你可知情？"

小太监忙不迭地点头："奴……奴才知情。"

"既然知情，为何有人告诉朕，连续七八日，也不曾有人给被关押在长乐宫内的皇后送去一顿饭菜？别说里面所关之人是一国之母，即便她是普通的宫女，按照宫规也不该被克扣一日三餐。一旦皇后被活活饿死在长乐宫，你可知自己会是什么下场？"

不给小太监应声的机会，轩辕尔桀无情地说："千刀万剐！凌迟处死！"

寥寥八个字，将小太监吓得面无血色，他语无伦次地解释："奴才只是一时贪心，没想到事情会变得这样严重。"

周离斥道："还不将你知道的一切如实汇报给皇上？"

事已至此，小太监哪里还敢有半点隐瞒，忙不迭地说道："是刘公公！他说皇上和皇后只是闹了一些小矛盾，早晚有一天，皇上会亲自将娘娘接回龙御宫。担心奴才等人伺候不好，会让暂押在长乐宫的皇后娘娘受委屈，所以拿了一百两银子贿赂奴才，将长乐宫所有的差事全权交给他来处理。因为刘公公多年来一直在龙御宫伺候，奴才以为这是皇上的意思，所以才……"

说到这里，小太监偷瞟了皇上一眼，从他茫然不知所措的神色来判断，他对这背后的情况也很迷茫。轩辕尔桀与周离对视一眼，仿佛在确认小太监话语的真实性。

见小太监从进门起便瑟瑟发抖，一副随时都可能会被吓死的样子，轩辕尔桀冷声问："得了一百两银子的好处后，你便对长乐宫主子的生死不再过问？"

小太监不敢说谎，连连点头："奴才以为，有刘公公从旁照顾，应该不会委屈了皇后娘娘……"

轩辕尔桀冷笑："连续七八日你们没送去一顿膳食，你来给朕说说，皇后究竟受没受委屈？"

千凰令

（十一）

凤谋无双

QIAN HUANG LING SHI YI
FENGMOU WUSHUANG

004

无视小太监面如死灰的脸色，轩辕尔桀继续沉声说道："拉出去杖责五十，赶出皇宫！"

在一阵哀号声中，小太监被两名侍卫拖出去行刑。

轩辕尔桀向周离问道："刘公公是怎么回事？"

在此之前，周离已经审了那挨打的小太监一顿，对小太监所供述的刘公公有了一定的了解。

周离说道："据属下所查，这位刘公公，的确是龙御宫的一名差役。地位和声望虽然无法与福公公相比，却仗着多年的资历和人脉，在宫中颇有些影响。有趣的是，几日前，刘公公以回乡探亲为由，向内务总管请了长假。如今他下落不明。不过，属下在调查刘公公的出处时，查到一条很重要的线索。"

话至此，周离四下张望一眼，压低了自己的声音："卓慕莲的兄长卓然当年发动宫变时，无故被牵连其中的刘公公命在旦夕，生死一瞬时，曾被冯白起出手相救。现在冯白起力荐的余简成为皇贵妃，偏巧被打入冷宫的皇后又在刘公公的一番操作下对皇上生出这样的误会，若说这其中没有牵扯，属下是绝不相信的。"

周离的话虽然说得很隐晦，轩辕尔桀还是瞬间理清了事情的根源。

他一语中的："想害死洛洛的罪魁祸首，是余简！"

周离拱手说道："这只是属下的个人猜测，不敢妄言最终真相。"

轩辕尔桀冷笑一声："事已至此，朕还有什么不明白的？"

周离见皇上有所顿悟，趁机劝道："既然皇上已经察觉到有人在暗中谋害皇后，不如将皇后接回龙御宫严加保护，免得皇后娘娘独自在外遭遇不测。"

轩辕尔桀说道："你与皇后相识数年，她有多大本事，你心里难道还不清楚？若饿上几顿便能将她置于死地，她便不是朕所认识的那个洛千凰。"

周离略有些失望地点点头："属下全听皇上安排。"

轩辕尔桀知道周离和苏湛这两个心腹与洛千凰之间的感情非常深厚，所以对周离处处偏帮洛千凰一事，睁一只眼闭一只眼。

他转而又问："余简近日在秀女坊如何？"

周离回道："自从皇上那日去秀女坊单独请余简喝茶之后，其余那些参选的秀女，便集体将矛头对准了余简。据属下了解，余简最近的日子可谓水深火热。"

轩辕尔桀点头："继续监视，有任何动静，随时向朕汇报。"

周离应了一声"是"，忽然又问："皇上每晚必喝的参汤……"

轩辕尔桀沉声说："让御膳房继续送，不要停。既然有人想看热闹，朕就满足他们的心愿，好好陪他们演完这场戏。"

与此同时，长乐宫这边的洛千凰和凤紫也为如何出宫一事陷入了激烈的讨论之中。

听完洛千凰对父母失踪的哭诉和担心，凤紫一边安抚，一边问出心底的疑问："小千，你确定将此事告知于你的那个婢女，所言句句属实？"

洛千凰笃定点头："月蓉和月眉是我娘从众多婢女中精挑细选出来的陪嫁丫鬟，这深宫内院，别人我未必信得过，她们却绝不会害我。因为我死了，她们肯定也活不成。"

想到爹娘如今生死未卜，急得六神无主的洛千凰再一次求助似的看向凤紫："我知道你一定有办法带我离开这里，今夜就启程好不好？"

凤紫神色凝重地摇摇头："白日里我去长乐宫外打探情况时，发现这里的确如你先前所说，地势复杂、守卫森严。凭你我二人之力想要离开这里，恐怕难如登天。"

深受打击的洛千凰被这番说辞打击得面无血色，她无力地说："我只想离开这里，去找我爹娘，这难道是一个求而不得的奢望吗？"

凤紫沉声说："如果你只是普通女子，天大地大，任你遨游。怪就怪，你嫁的男人贵为皇帝，从你踏进宫闱的那一天，便注定你这辈子要跟这座豪华的囚笼捆绑到一起。至于休夫一说，你自己觉得可能吗？"

洛千凰据理力争："为何不可能？他不休我，我休他便是。"

凤紫看她的眼神就像在看一个闹脾气的小女孩："看你一脸聪明相，没想到居然如此天真。小千，如果你真的有能力控制自己的人生，何至于沦落到被关入冷宫？"

见她失魂落魄的样子，凤紫有些于心不忍，一改之前凌厉的气势，她柔声说道："小千，你对你的皇帝夫君，还抱有半分期待吗？"

洛千凰茫然地摇头："缘分已尽，再无期待。"

她满脑子想的都是父母的安危，哪有多余的精力去在意男女之情？

别说她和轩辕尔桀之间的关系已经势同水火，即便两人恩爱同常，在父母可能遭遇不测的消息传来后，她也会想尽办法离开皇宫，不计代价地去营救亲生父母。

凤紫的询问声再次响起："如果有一个离开的机会摆在你面前，但代价是，这辈子都不会再见到你的皇帝夫君，你是否愿意为了这个机会，彻底放弃这段感情？"

千凰令

（十一）

凤谋无双

QIAN HUANG LING SHI YI
FENGMOU WUSHUANG

006

换作从前，洛千凰或许会犹豫再三。可此时此刻，她只想出宫去寻找父母。

急切地看向凤紫，她迫不及待地表明立场："我愿意！"

凤紫负着双手，神色凝重地在残破不堪的宫殿内来来回回走了几圈。

她仿佛陷入了某种思考，忖度再三后，朝洛千凰问道："你夫君这个人，人品如何？"

洛千凰愤愤不平地说道："霸道专制，唯我独尊，为了利益，可以不择手段。娶我进门时，明明承诺过此生此世不会负我，这还不到一年的光景，便接二连三将外面那些女人抬进宫门……"

凤紫挑高眉梢，语带调侃："语气这么酸，莫不是吃醋了？"

洛千凰气呼呼地反驳："没有！"

"既然没有，能不能请你中肯一些评价你夫君的为人？"

洛千凰就像一只炸毛的小猫："难道我评价得不够中肯？"

见凤紫意味深长地凝视着自己，洛千凰叹了口气，无奈地摊开双手："好吧，至少从客观角度去分析，他应该可以被归入有担当、有魄力、有能力的行列之内。除此之外，我不予评价。"

仿佛忽然想到了什么，洛千凰不解地提出心中的疑惑："你问这个做什么？"

凤紫自负一笑："知己知彼，方能百战百胜。这么简单的道理，你不会不明白吧？"

洛千凰诚实地摇摇头："我真的不明白。"

"你想离开这里吗？"

"想啊！"

"如何离开？"

"不知道！"

凤紫不客气地送了洛千凰一记白眼，随后冲她勾勾手指。洛千凰像听话的小狗一样凑过去，凤紫以手遮唇，低声耳语几句。

听完她的分析和讲述，洛千凰不解地重复："缓兵之策？"

凤紫胸有成竹地点头："没错，就是缓兵之策！"

洛千凰迫不及待地问："具体该如何去做？"

凤紫没好气地捏了捏她的脸颊："既然是缓兵之策，当然要一步一步慢慢来，你急什么。只要你按我的要求去做，我保证会让你全须全尾地离开这里。"

洛千凰无比乖巧地说道："好，我都听你的！"

就在洛千凰在凤紫的策划下想尽办法从长乐宫这个鬼地方逃出去时，一行宫女太监的突然到来，打破了长乐宫往日的安静。

这些人无声无息地将洛千凰平日里用的贴身之物一一搬进了长乐宫。

除了必备的家具摆设，还有洛千凰平时喜欢的衣裳首饰，就连她那只片刻不离身的小药箱，也被宫女送到面前。

除此之外，糕点水果、粮油米面、炊具调料，一应俱全。

看着落魄不堪的长乐宫在卜几个宫女太监的忙活之下焕然一新，捧着药箱不肯撒手的洛千凰锲而不舍地追问："究竟是谁派你们过来的？"

忙活了大半天的宫人们直接无视皇后的询问，将该摆的摆好，该放的放好，该铺的铺好之后，便井然有序地离开了长乐宫。

早在这些人闯进长乐宫时便躲到房梁上看热闹的凤紫，在众人离去之后一跃而下。经过宫人们的一番装饰，被称之为冷宫的长乐宫变得奢华起来。

凤紫顺手从果盘中摘下一颗鲜嫩的葡萄丢进嘴里，边吃边问："什么情况？"

洛千凰像个乖宝宝一样诚实地摇摇头："不知道！"

凤紫勾唇一笑："放眼天下，敢在你被囚于冷宫时做出这番惊人举动的，除了你那位皇帝夫君之外，应该找不出第二个人吧。"

翻了翻梳妆盒中华丽的珠宝，又看了看衣柜中挂着的那些漂亮的衣裙，她忍不住问："你真的确定你们夫妻之间的感情已经破裂了？"

面对凤紫的调侃，她郑重其事地说道："皇宫于我来说已属是非之地，不管他做多少事，都改变不了我们之间感情已经破裂的事实。且他惯会使用诱骗的伎俩，我绝不会被眼前的这些小恩小惠所迷惑。"

秀女坊的膳堂之内，余简捧着热气腾腾的粥正要喝下去，结果粥入口中，她没嚼到软糯的米粒，反而吃了一嘴的细沙。

皱着眉头将含满细沙的米粥吐到地上，耳边传来一阵阵轻笑声。以陈美瑜为首的一群姑娘，坐在距她不远的位置，正得意扬扬地看着她丑态毕露。

很显然，余简手里的这碗"沙粥"，十之八九是陈美瑜那群人的杰作。

和陈美瑜正面吵过几次，陈美瑜脸不红气不喘地让她拿出证据，否则就是对她的污蔑和侮辱，非要找朱尚宫过来评理方可罢休。

千凰令

（十一）

凤谋无双

QIAN HUANG LING SHI YI
FENGMOU WUSHUANG

这种被排挤、被针对、被整治的处境，让余简心力交瘁。

看着陈美瑜等人频频流露出来的讥讽和嘲笑，忍无可忍的余简重重将粥碗摔在桌上，发出"哐"的一声巨响。

她霍然起身，怒视众人："从早到晚搞这种无聊低级的小把戏来针对我，对你们究竟有什么好处？"

余简的愤怒，引来众人的一阵嗤笑。

陈美瑜姿态优雅地摇动着手中的羽扇，傲慢地反问："说我们用低级无聊的小把戏去针对你，你有证据吗？"

换作从前，面对陈美瑜的恶意挑衅，余简奉行"惹不起还躲得起"的原则，直接无视她的存在，摔下粥碗转身就走。

可此刻她却一反常态，在渐渐平缓下心神之后，露出一张善意的面孔，神色变得极其真诚："想必你们心中都很清楚，大臣们之所以在我的封侯大典上向皇上提议封我为皇贵妃，真正的目的并非想抬举我，而是要借我之名，顺利将你们这些千金名媛送进宫门。他们之所以会这么做，是因为皇上在大婚之后独宠中宫，严重影响到了一部分人的前途和利益。为了打破这种平衡，我，以及你们，全部成了这局中的一枚棋子。"

陈美瑜冷笑着反对："你糊涂了吧？现在谁人不知，当初那个备受宠爱的皇后娘娘，已经被皇上打入冷宫了。一个冷宫弃后，她还有什么资格与我们争宠？"

余简露出一个同情的眼神，出言反问："你真的确定，皇上与皇后之间已经彻底决裂了？"

陈美瑜笑得极其自负："你以为长乐宫只是一个摆设？自古以来，凡是被关押到那里的女子，没有一个人可以活着从那里走出来。"

余简从容不迫地说道："如果我告诉你们，就在不久之前，皇上派人将大批物资送进了长乐宫供皇后使用，不知在座的诸位有何想法？"

众人闻言无不色变。

陈美瑜皱起柳眉，不悦地反问："怎么可能？"

世上没有不透风的墙，就算那些被派去长乐宫送东西的宫女太监被下了封口令，关于长乐宫中的一些消息，还是不可避免地被散播出去。

而余简，便在第一时间知晓了此事。

见陈美瑜一脸的不敢置信，余简又在她心头燃了一把火："陈小姐，我听人说，当日为了替灵儿郡主打抱不平，皇后娘娘曾当着众人的面打过你耳光。如果被皇后知道陈小姐也被纳入了选秀的名单，一旦她有翻身之日，你猜，她会不会想尽办法除掉所有她看不顺眼的障碍？"

景阳宫挨耳光这件事，给陈美瑜留下了极深的阴影。

虽然她像天底下大多数女子一样，希望有朝一日可以得到皇上的宠爱，从此一飞冲天，成为人上人。

但比起得到皇上的宠爱，她最大的心愿便是以上位者的身份狠狠将当初折辱过她、奚落过她的洛千凰踩在脚底肆意折磨。

察觉到陈美瑜神色松动，余简继续在她耳边游说："不要再将我视为你们的假想敌，如果皇上真的愿意封我做皇贵妃，又何必让我与你们一同在秀女坊接受宫规调教？皇后的确被关入冷宫不错，但从始至终，你们可曾听说皇上有废后改立别人的念头？这才关了没几日，皇上便派人去长乐宫送吃送喝送物资，很难不让人怀疑皇上对皇后仍有感情，只要皇上对皇后情丝不断，秀女坊的这些人，便难有出头之日。"

余简那日的一番言论，成功将陈美瑜等人的火力从她身上转移到了长乐宫的洛千凰身上。

这日轮到众人休沐，陈美瑜与几个极力想要讨好她的秀女在宫中散步。几个花枝招展的妙龄姑娘所经之处，留下阵阵欢声笑语。

在陈美瑜的有意带领之下，众人七拐八转，竟来到了一处僻静之地。

看着午时的阳光被层层密林所遮挡，粉衣女子小心翼翼地问："这是哪儿？"

就在这时，一群通体黝黑的乌鸦从众人头顶嘎嘎飞过。在这空旷且没有人气的密林之中，乌鸦那特有的惨叫声，给这处僻静之地增添了一丝诡异气息。

莫名闯入这里的几个姑娘无不被这处阴森之地吓得瑟瑟发抖。

作为这个小团体中的带头人，陈美瑜故作镇定地安抚众人："怕什么，皇宫四处都是守卫，咱们若是遇到危险，必会有宫中的侍卫在第一时间出来营救。"

在陈美瑜的鼓气之下，被乌鸦和周围的环境吓到的姑娘们，总算重新拾起了几分勇气。

陈美瑜继续给众人洗脑："如无意外，未来的日子里，咱们怕是要在深宫中度过余生。为了更好地适应日后的生活，我们必须提前熟悉宫中的环境。只有这样，在发生变故时我们才不至于手忙脚乱。"

千凰令
（十一）
凤谋无双
QIAN HUANG LING SHI YI
FENGMOU WUSHUANG

010

见同伴们纷纷点头认同，陈美瑜挽住同伴们的手臂，指向不远处："你们看，那边有一处庭院，咱们过去玩一玩。"

陈美瑜拉着几个秀女穿过层层密林，来到一处外表看上去极其残破的庭院门前。

呈现在众人面前的，是两扇掉了漆的朱红色大门。大门正上方，挂着一只半掉着的牌匾。因为牌匾过于陈旧，上面的字迹已经变得模糊不清。

仔细打量了牌匾很久，粉衣姑娘一字一字地读出牌匾上面的字迹："长乐宫！"

当"长乐宫"三个字被说出口时，众人齐齐倒吸了一口冷气。

粉衣姑娘震惊地说道："天哪！这里该不会就是关押皇后的那座冷宫吧？"

陈美瑜面色不变，心底却是冷笑连连。

今日之行，是她特意安排的。随便花了一点银子，她便从太监口中打听出长乐宫的具体位置。

她倒是要亲眼看一看，已经被关入冷宫的洛千凰，究竟有什么本事让高高在上的九五至尊对她另眼相看。

长乐宫的门锁虽然做了特殊的设计，因为年久失修，那道厚重的铁锁形同虚设。

陈美瑜亲自上前，将铁锁从门上拆了下来。同伴们见此情形，纷纷上前阻止。

"陈小姐，这可使不得。万一冲撞了里面的皇后，这罪过，咱们可担当不起。"

陈美瑜冷笑一声："你们是不是傻了？自古以来，凡是被打入冷宫之人，这辈子不会再有重见天日的机会。"

若非对洛千凰恨到了极致，陈美瑜也不会在失去理智的情况下做出这样的出格之举。

当铁锁落地，两道残破的大门应声而开时，呈现在众人眼前的，是身穿粗布衣裳的洛千凰，她坐在院中，正在认真清洗自己穿脏的衣物。

与此前那个身穿凤袍、头顶凤冠的一国之母相比，隐居在长乐宫的洛千凰，一改往日浮华的装扮，换上一套舒适合体的粗衣便服。

几缕发丝顺着额角垂落下来，衣袖挽到手臂中间，十根手指浸泡在水盆之中，冷不丁看上去，既落魄又潦倒，哪有半点深得圣宠的样子？

看到洛千凰的那一刻，陈美瑜毫不掩饰心底的幸灾乐祸。

她满脸嫌弃地捂着鼻子踏进院门，见当初贵为皇后的洛千凰居然亲自动手用冷水去清洗水盆中的衣物，陈美瑜故意露出惊讶的神色："这不是咱们黑阙皇朝高高在上的皇后娘娘吗？几日不见，娘娘怎么落魄到了如此地步？"

这里除了陈美瑜之外，其他秀女在此之前并没有见过洛千凰的真面目。

当众人渐渐看清皇后的长相，不由得在心底唏嘘，与容貌生得甚是秀丽的陈美瑜相比，这位传说中曾深得圣宠的皇后娘娘，实在与"绝色倾城"这四个字扯不上关系。

爱美之心，人皆有之。皇上贵为一国之君，有足够的资格将天下所有的美女网罗到自己的后宫尽情宠爱。

可他为何千挑万选，最终将国母的位置双手奉送到容貌身材样样都不甚出色的洛千凰面前？

秀女心中百思不得其解时，洛千凰慢慢起身，当着众人的面将洗好的衣服从水中捞出，拧干上面残留的水渍，慢条斯理地将衣裳挂到晾衣竿上。

这让一心想要羞辱洛千凰的陈美瑜非常懊恼，按捺不住心中的愤怒，她快步走到洛千凰面前，一改之前的惺惺作态，愤愤不平地说："皇后娘娘，你做梦也没想到，有朝一日，会沦落到被打入冷宫的凄惨下场吧。"

说着，她想要伸手去拉洛千凰的衣襟，试图嘲弄她几句。结果手指还没有碰上去，便被洛千凰反手一巴掌拍了回去。

洛千凰轻蔑地看向陈美瑜，语带讥讽道："陈二小姐，上次在景阳宫，耳光挨得还不够吗？"

这句话，瞬间勾起陈美瑜心底的诸多不快。每每回想起当日的画面，她都难堪得恨不能找个地缝钻进去。

如今害她出丑的罪魁祸首就在眼前，新仇旧恨涌上心头，失去理智的陈美瑜扬起手臂便要抽向洛千凰。

千钧一发之际，陈美瑜的手被人从背后用力揪了过去。在陈美瑜反应不及的情况下，重重的一巴掌狠狠抽来，瞬间的疼痛，让陈美瑜的脑子蒙了一下。

她下意识地捂住脸颊，正要破口大骂，视线渐渐明朗时才看清，出手打她的人，居然是根本不该出现在这里的轩辕灵儿。

无视陈美瑜惊怔的目光，轩辕灵儿大声斥道："陈美瑜，你好大的胆子，连当朝皇后都敢动手。小千不但是我皇嫂，她还是我最好的朋友。你敢对我朋友动手，我今日就替天行道，好好教训教训你这个蠢货。"

轩辕灵儿虽然不会功夫，仗着郡主的高贵身份，欺负人的事情她从小到大可是没少做。

千凰令
（十一）
凤谋无双
QIAN HUANG LING SHI YI
FENG MOU WU SHUANG
012

像陈美瑜这种中看不中用的绣花枕头，轩辕灵儿可以一次对付好几个。从腰间抽出一条蛇皮软鞭，在陈美瑜等一众秀女的尖叫声中，她左一鞭右一鞭挥舞得不亦乐乎。

毫无心理准备的陈美瑜被轩辕灵儿的突然出现吓傻了，惊慌错愕时，竟一连挨了十几鞭。

轩辕灵儿抽鞭子的路数毫无章法，其中有几鞭，不小心打到了陈美瑜的脸上，她的皮肤本就细腻白皙，在鞭子的抽打之下，瞬间涨红出血，简直可以用"惨不忍睹"来形容。

陈美瑜捂着脸怒视轩辕灵儿："就算你是郡主，也没有资格责打朝臣的家眷。我爹可是当朝三品，我要是有个三长两短，你这个郡主也别想再做下去……"

"啪！"

狠狠的一鞭，毫不留情地抽在陈美瑜的头发上。这一鞭下去，头上那些价值连城的珠钗首饰哗啦啦掉了一地。

再看陈美瑜，哪还有半点千金名媛的样子，早已在蛇鞭的肆虐之下变成了一个披头散发的疯婆子。

轩辕灵儿傲气冲天地挥舞着鞭子，边挥边嚷："别说是你，就是你爹站到我面前，我照样用这条鞭子抽他一顿。陈大人好生厉害，教出来的女儿，居然连当朝国母都敢殴打。教女无方、纵女行凶，我倒要看一看，到了皇上面前，陈大人如何解释你的行径。"

因为轩辕灵儿气势太盛，陈美瑜以及那些不明状况的秀女，彻底被她凶悍的姿态吓傻了。尤其是陈美瑜，一连挨了十几鞭，脸上火辣辣的，被轩辕灵儿这么一吓唬，她瞬间气短，色厉内荏地留下一句"等着瞧"，便带着吓傻了的秀女们溜之大吉。

看着陈美瑜仓皇逃窜的背影，轩辕灵儿挥着鞭子破口大骂："再让本郡主看到你，直接撕烂你那张臭嘴。"

待陈美瑜等人的身影渐渐消失，轩辕灵儿收起怒气，着急忙慌地奔向洛千凰，上上下下打量了良久，才关切地问："那个姓陈的有没有把你怎么样？"

洛千凰并没有回答这个问题，转而问道："灵儿，你怎么来了？"

顺势从她手中接过蛇皮鞭，她惊叹地说："这鞭子看上去很不错啊！"

轩辕灵儿得意地说："这是我爹亲自为我做的，他说，以后看谁不顺眼，直接鞭子伺候。不管惹下什么麻烦，我爹都会为我收拾烂摊子。"

想到七王叔对灵儿无条件的纵容和宠爱，这让洛千凰忍不住又想起了自己的父亲。如果父亲还在京城，定不会让那些人骑到她的头上来撒野。

看出她眼中的落寞，轩辕灵儿收起鞭子，一把拉住洛千凰的手，急切地说道："小千，我今日进宫，是来带你逃走的。"

"啊？"

洛千凰吃了一惊："逃走？逃去哪里？"

轩辕灵儿拍拍胸脯："自然是逃去我们七王府。我爹说了，你爹娘如今不在京城，七王府就是你的娘家。如今出了这种事情，你爹娘没法出面，咱们七王府愿意挺身相帮，若皇兄日后追究起来，我爹自会给他一个说法。"

洛千凰心中生出无限感动。没想到在自己落难时，还有七王叔一家愿意鼎力相助。

轻轻推开灵儿的手指，洛千凰摇了摇头："灵儿，我不能走！"

轩辕灵儿瞪圆双眼，不解地问："为何？皇兄已经变心了，他不但将你关进冷宫，还大肆挑选秀女扩充后宫。这样无情无义的男人，根本不值得你为他继续付出。小千，你放心吧，有七王府给你撑腰，皇兄一定不敢拿你怎样。"

洛千凰坚持道："灵儿，你回去吧。我和你皇兄之间的事情，我自己会想办法解决，你不要牵涉其中，平白无故给自己招惹麻烦。"

轩辕灵儿气急败坏地问："你不信我？"

洛千凰安抚地拍拍她的手："这世上能让我相信的人没有多少，你绝对是其中最重要的一个。灵儿，我知道你一心一意为我着想，可眼下的局势，并非你以为的那么简单。我不想因为自己的私事，将无辜之人牵连进来。"

轩辕灵儿的眼眶瞬间红了，她拉住洛千凰的手哭着说："要不是为了替我鸣不平，你怎会落得这样的下场？"

见轩辕灵儿泪花滚滚，洛千凰也控制不住地流出了眼泪。回想起不久之前，两人还像无忧无虑的孩子般扮成男装，溜去广月楼听戏唱曲。

没想到时隔数日，一个孩儿流产，与夫君失和；一个被关入冷宫，这辈子恐怕再难有出头之日。

为什么她和灵儿不曾有过害人之心，却在上天的捉弄之下，沦落到如今这般悲惨的田地？

抱着灵儿哭了一通，洛千凰仍旧坚持自己的原则："灵儿，一旦破坏某些规则，"

情况势必会变得糟糕起来。我不想因为我自己的事情，再让其他人受到连累。而且……"

她抹了一把眼泪，用安慰的语气对灵儿说道："你皇兄，并没有你说的那般不堪，虽然他打破婚前的承诺，将外面那些女人纳进皇宫，但我相信，在他心中，我始终有着特殊的位置。"

轩辕灵儿不敢相信自己的耳朵："事到如今，你对皇兄还抱有期望？"

洛千凰露出一抹苦涩的笑容："我相信他。"

轩辕灵儿恨铁不成钢地骂道："小千，错过这个机会，你一定会后悔的。"

洛千凰的态度十分坚定："为了这份感情，我绝不后悔！"

直到目送轩辕灵儿彻底离开，洛千凰才抹去眼角的泪痕，状似不经意地看了门外一眼，不动声色地转身走进了内院。屋内，凤紫跷着二郎腿正在嗑瓜子。

见洛千凰肿着一双眼睛踏进房门，凤紫调侃地问："那个傻乎乎的小妹妹，她是谁啊？"

掩好房门的洛千凰认真解释："她叫灵儿，轩辕灵儿，是当今皇上的嫡亲堂妹。"

凤紫似笑非笑地挑起眉梢："什么样的爹娘，居然将自家孩子养得这么单纯？"

不等洛千凰做出回答，凤紫吐了一口瓜子皮，漫不经心地问："你这么迫切地想要离开这里，为什么不考虑利用一下她？"

洛千凰忙不迭地摇头："我不想因为自己的私事，将最好的朋友牵进局中。而且……"

她警惕地看了外面一眼，压低声音说："周围到处都是皇上的眼线，恐怕我前脚刚踏出宫门，就会被当成囚犯关押起来。在羽翼未丰之前，你觉得我会做出这么蠢的决定吗？"

凤紫将剥好的一堆瓜子仁递到洛千凰面前，笑着说："看你还算有点脑子，这些是给你的奖励。"

洛千凰不客气地接过瓜子仁，直接丢进了自己的嘴巴里，边嚼边说："在你多日的调教下，如果我还像从前那么傻，岂不是愧对你的一番悉心教导？"

凤紫捏了捏她的脸："算你聪明！"

洛千凰猜得并没有错，长乐宫附近，到处都是轩辕尔桀布下的眼线。几乎是在同一时间，周离将陈美瑜和轩辕灵儿先后去长乐宫闹事和救人的事情，汇报到皇上面前。

得知灵儿挥着鞭子将陈美瑜狠抽了一顿，正在喝茶的轩辕尔桀忍不住喷笑。虽然没有亲临现场，但自家妹妹是个什么德行，他还是非常清楚的。

慢慢放下手中的茶杯，轩辕尔桀问道："陈美瑜伤势如何？"

周离恭敬地回道："半张脸被鞭子抽破了，就算日后恢复，恐怕也会留下伤疤。"

轩辕尔桀玩味地说："倒是可惜了那张漂亮的脸蛋。"

他嘴里说着可惜，眼中尽是幸灾乐祸。

来回把玩着桌上的茶杯，轩辕尔桀忽然说道："回头去藏宝阁再选几条结实的鞭子送到七王府，就说是朕赏赐给郡主的礼物，让她没事的时候挥着玩。顺便告诉郡主，就算惹下什么麻烦，无须七王叔出面，朕自会帮她收拾烂摊子。"

周离难得露出笑容："皇上英明！"

停顿片刻，他继续说道："郡主提出带娘娘离开长乐宫时，娘娘不但拒绝得十分干脆，还对郡主说，她对皇上一往情深，并不想离开这座深宫。"

周离的讨好，并没有取悦轩辕尔桀。

他嗤笑一声："别被洛洛那只小狐狸给骗了，那番话，并非说给灵儿听，其实是说给朕听的。你以为她真的不知道，长乐宫外，被朕安插了无数眼线？周离，她这是故意在跟朕玩心眼呢。"

周离颇有些无语，实在不明白，明明相爱的两个人，为什么要用算计的方式去试探彼此。

"皇上，那陈美瑜故意带着秀女闯进长乐宫挑衅皇后，是因为……"

周离的话只说到一半，就被轩辕尔桀抬手打断："朕知道，是余简从中作梗，唆使没长脑子的陈美瑜去长乐宫探明真相。自从朕吃了灵儿配制的解药之后，许多模糊的记忆，已经渐渐明朗起来。这个余简，倒是有点意思。至于她的真正动机，继续深查。"

周离心领神会："属下明白！"

第一百一十七章

使绝招出谋划策

千凰令

（十一）

凤谋无双

QIAN HUANGLING SHI YI
FENGMOU WUSHUANG

018

陈美瑜带着秀女们闯进长乐宫招惹皇后一事，在皇上不作任何表态的情况下，如一滴水滴进了汪洋，没掀起半点水花，便悄无声息地被埋没了。

众人非常聪明地从这起事件中揣摩出了皇上对皇后的态度——弃之不理，不闻不问。看来，曾经恩爱的皇家夫妻，这次是真的决裂了。

挨了灵儿郡主一顿鞭子的陈美瑜，在理智回归后重新将恨意转嫁回余简身上。若非余简当日的挑衅，她怎么可能会将矛头对准长乐宫中的洛千凰？

如果没有招惹洛千凰，她就不会被轩辕灵儿当众鞭打。如果没有这顿鞭打，她引以为傲的容貌也不会在鞭子的肆虐下被毁得面目全非。

不但陈美瑜对余简嫉恨有加，其他秀女也对余简生出了莫名的仇恨。因为，就在秀女们接受朱尚宫各种严苛的调教时，本该与她们一同吃苦的余简，居然被一道圣旨给召进了龙御宫。

余简此时还没有意识到，皇上突如其来的这番举动，已经再一次将她推到了风口浪尖。

当她尾随着小福子的脚步踏进龙御宫时，不由得被这里的富贵与奢侈所震撼。她以为自己现在所居住的雪月宫已经足够华丽，与龙御宫相比，雪月宫立马相形失色。

赶往正殿的途中，她看到宽敞的院子里用藤蔓编织了一架漂亮的秋千。

风儿轻送，秋千在艳阳下微微晃晃。虽然只是轻轻一瞥，她仿佛可以通过这个漂亮的秋千，看到它曾经的主人——洛千凰。

一抹嫉妒之意在眼中一闪而过，余简很好地将真实情绪压制下去。穿过长长的回廊和庭院，余简被带到了正殿之中。

龙御宫内，褪去皇袍的轩辕尔桀穿了一件浅蓝色的家居长衫，悠闲自在地坐在桌案前正在慢慢品茶。

远远望去，他就像一个不染俗世的翩翩公子，贵气中透着丝丝优雅，俊美得让人移不开视线。

小福子的声音将余简从冥想中拉回现实。

"皇上，余小姐已经来了。"

醒过神的余简忙不迭地收回自己痴迷的视线，恭恭敬敬地给皇上行礼问安，并尽可能地将多日来所学到的规矩，在皇上面前尽情展现。

看着余简动作标准地行了一个跪拜大礼，轩辕尔桀面上不动声色，心中却是一阵冷笑。

这个余简，看似精明强悍，却不知她心里打的那些小算盘，早已尽人皆知。

冲小福子做了一个挥退的手势，他笑着对余简说道："龙御宫是朕的私人领地，这里没有外人，余小姐不必多礼。"

缓缓起身的余简忍不住露出一丝喜意。她可不可以将皇上的这番话理解为，他已经将她视为自己人？

饶是如此，余简还是极力将最矜持的一面表现出来，她恭敬地问道："不知皇上召臣女来此，是为何意？"

轩辕尔桀冲她做了一个请的手势，指向自己对面的位置："坐。"

待余简恭恭敬敬地坐下来，他才勾出一个浅淡的笑容："朕每日忙于公事，鲜少关心秀女坊的大事小情，作为待选妃嫔的其中一员，朕唯一信得过的，只有余小姐你一个人。今日唤你来此，倒也没有什么大事，除了想听听余小姐对那些待选秀女的评价之外，朕也想问一问，余小姐在宫中适应得如何？"

有那么一刻，余简很想将自己遭人排挤的事情告知皇上。毕竟被那么多人针对，终是让她难以应付。

可转念一想，她又担心这种背后告人黑状的行为会招来皇上的厌弃，万一给皇上留下小肚鸡肠的印象，她所有的努力，就功亏一篑了。

斟酌片刻，余简说道："回皇上，臣女在秀女坊一切安好。秀女坊的诸位姐妹，自然也是端芳聪慧，个个堪称天之骄女。"

只听轩辕尔桀郑重说道："如今后宫无首，朕必须尽快从参加选秀的女子中挑出一个人来管理朕的后宫。不瞒余小姐，皇后平民出身，自幼生长于乡野之中，即便被封为一国之母，在管理方面天赋也有所欠缺。更何况她现在……"

提到皇后，轩辕尔桀的脸色阴沉了几分。

摆了摆手，他心烦地说："事已至此，不提也罢。朕只想尽快让后宫恢复秩序，

所以想要从众多名媛中挑出合适的人选。"

他每说一句，余简都在心中揣测。皇上这番话究竟是什么意思？后宫管理者不是已经被内定了吗？并非别人，正是她余简！难道皇上还有别的想法？

就在余简失神之时，捧着参汤的小福子从门外踏进内殿："皇上，参汤已经煮好了。"

轩辕尔桀接过汤碗，慢慢打开上面的盖子，一股沁人的鲜味扑鼻而来，味道在空气中渐渐弥漫开来。

他并没有继续之前的话题，用盖子扇了扇参汤中散发出来的热气，状似不经意地对余简说："御膳房的厨子手艺不错，熬出来的参汤，口感醇正、鲜味十足，朕已经连续喝了好几个月，日日坚持，从不中断，堪比珍馐美味。"

说着，闻了闻汤中散发出来的浓郁香气，脸上露出餍足的笑容。原本沉浸在后宫管理者最终会花落谁家思绪中的余简，在看到那碗参汤时，眸光微微一闪。

虽然只是一个不经意的小动作，还是被在暗中观察她的轩辕尔桀收入眼底。看来他每晚必喝的那碗汤，余简果然有在里面加料。

轻轻将汤碗推到余简面前，轩辕尔桀诚挚地说："余小姐似乎对朕的这碗汤很感兴趣，想必余小姐还没用午膳吧，是朕唐突了，留你这么久。这个时辰回秀女坊，恐怕要饿肚子。这碗参汤，就当是朕的赔罪，快趁热喝了吧。"

余简闻言大惊失色，连忙摆手："我……我怎么能夺皇上所爱。"

轩辕尔桀似笑非笑地将汤碗推到她面前："不过就是一碗汤，无须推三阻四，就算是朕赏你的。参汤中放了鸡肉，凉了就会腥掉，趁热喝，这个时候喝最是美味。"

言下之意，这碗汤是御赐之物，你喝也得喝，不喝也得喝。

看着被强行推到自己面前的人参鸡汤，余简脸上的表情瞬间变得十分复杂。

这场拉锯战并没有持续太久，为了不让轩辕尔桀心中生疑，余简在短暂的推拒之后，接过汤碗，一饮而尽。

区区一碗汤，还不至于让事情变得无法控制。将喝得一滴不剩的汤碗放到桌上，余简用丝帕擦去唇边的汤渍。

轩辕尔桀笑着问："味道如何？"

余简恭敬地说："如皇上所说，非常美味。"

轩辕尔桀笑意更甚："既然你如此喜欢，朕会吩咐御膳房，每天给你送一碗过去。"

伪装得无懈可击的余简，听到这句话时，眼中泄露出一丝惧怕。

她忍不住想，难道皇上已经知道了什么？

就在余简惶惶不知所措时，轩辕尔桀忽又说道："朕最近总会梦到一些奇怪的场景，梦中的朕和你，就像两个不被世俗所束缚的孩子，骑着马儿，驰骋于一望无际的大草原上。尤其是近些时日，梦中的画面越来越清晰，朕甚至渐渐想起，若干年前，曾牵着你的手对天发誓，会许你一个美好的未来。"

余简面露一丝喜色，迫不及待地问："皇上，我们的过去，你都想起来了？"

见轩辕尔桀一脸懵懂，余简不再对他有所怀疑。看来，药物对他的催眠仍在继续，他已经如她所愿，渐渐走进了这个局。

轩辕尔桀假装没看到余简眼中的惊喜，他故意露出一个天真的笑容，冲余简点了点头："朕想，朕与你之间，可能真的有一段美好的过去。每次看到你，朕的一颗心都会不受控制地疯狂跳动。朕想对你好，想要满足你的一切愿望，就像这碗参汤，朕明明爱喝得紧，可是看到你也想喝，朕便忍痛割爱，将它送给了你。"

余简想说，她一点也不想喝这碗汤。

但看到轩辕尔桀向她袒露心扉，她忽然变得激动起来，迫不及待地问："如果我想要国母的位置，皇上也愿意给吗？"

问出口后，余简有些后悔。她一定是疯了吧，怎么会问出这种愚蠢的问题？可刚刚那一刻，她竟无法控制自己的真实情绪。

心脏传来一阵紧张的跳动，当她盘算着该如何改口，并解释说刚刚的问题只是一句口误时，轩辕尔桀抬起食指，轻轻勾起她的下巴："只要你表现得好，无论你想要什么，朕都给你。"

口中说着甜言蜜语，心里却对余简的言行十分不耻。她恐怕还不知道，刚刚喝下的那碗汤，被加了一些特殊的药材。

里面的药材是他拜托灵儿帮忙准备的，据灵儿说，意志力再如何坚定的人，只要喝下这碗汤，不出半刻钟，便会按捺不住将心中最真实的渴望和目的表现出来。

这个余简果然很会演戏，一边说自己毫无所求，一边对皇后之位虎视眈眈。

他倒是要看一看，接下来的戏，她会如何唱下去。

长乐宫内，凤紫绘声绘色地将她看到的画面描述给洛千凰。

见她无动于衷，凤紫坐过来，一把拦住洛千凰的手，郑重其事地问道："你是没听清，还是没听见？你那位皇帝夫君亲口承诺别的姑娘，会将其扶上皇后的位置。一旦别的姑娘上位，你这个正牌皇后，可就要被赶下堂了。小千，对于这个结果，你不想发表一下自己的想法？"

"发表什么？"

洛千凰抽回手指，认认真真地将金银细软塞进事先缝制好的包裹中，边塞边说："他想立谁为皇后，那是他的自由，跟我没有任何关系。"

凤紫不信任地问道："你真的放得下？"

洛千凰干脆放下手中的活计，与凤紫四目相对："你为什么一而再，再而三地质疑我的决定？难道你不想继续帮我？"

凤紫跷起二郎腿，玩世不恭地环住双臂，对洛千凰说道："如果你放不下这段感情，我可以帮你将秀女坊的那些人全都杀掉。"

洛千凰瞠目结舌："全都杀掉？"

凤紫一本正经地点点头，随即将手臂搭在她的肩膀上，与凤九卿如出一辙的那张面孔，忽然凑到洛千凰面前："相处数日，我发现你的脾气很对我的胃口，所以我愿意跟你做朋友。既然是朋友，我当然要无条件地站在你的立场替你着想。只要你一句话，我会杀光秀女坊的那些女人，等她们全部死光了，便没人再跟你抢男人。"

洛千凰忍住翻她白眼的冲动，轻轻将她搭在自己肩膀上的手指一根一根掰下去，冷不丁说道："凤紫，直到现在，你仍不信我。"

凤紫恢复了环胸的动作，笑着问："何以见得？"

洛千凰直言道："你每天都在试探我对皇帝的感情，在我看来，你这么做毫无意义。你有本事去皇帝的寝宫打探消息，为什么不尽快想办法带我离开？"

凤紫的回答非常干脆："我说过，一旦离开，便再也没有回头路。"

洛千凰点头："我知道！"

凤紫一脸正色地说道："我不想做破坏别人姻缘的罪人，万一哪天你后悔，嚷着非要回到皇宫与你的皇帝夫君再续前缘，我不但吃力不讨好，还里外不是人。小千，还是那句话，如果你放不下这宫廷的繁华，我可以帮你重新坐上皇后的位置。"

洛千凰冷哼一声："如果我贪恋皇后之位，又岂会让自己被关进这不见天日的长乐宫？凤紫，虽然我对你的过去一无所知，但从你的言行举止不难看出，曾经的你，必是一个特立独行，且不将任何世俗之礼当一回事的桀骜之人。既如此，又何必将未嫁从父、出嫁从夫、男尊女卑、三从四德这些约束女子的规矩放在眼中？且放心吧，从小到大，我做的每一个决定都不曾让我后悔，从前是，现在是，往后的每一日都是。"

洛千凰的执着和坚韧，仿佛在冥冥之中感动了凤紫。每当陷入思考时，她都会下意识地抚摸着拇指上的玉扳指。与她朝夕相处数日的洛千凰，对凤紫的这个小动作了然于心。

多日来，凤紫一直在试探她的底线，试探了这么久，也是时候做出决断了。

房间内一片静谧，就在洛千凰以为凤紫还想跟她继续周旋时，凤紫忽然毫无征兆地问道："站在一个皇帝的角度，你知不知道你的皇帝夫君最在意的是什么？"

见她一脸茫然，凤紫进一步提醒："小千，这个问题，你必须慎重回答，因为答案涉及我们离开的筹码。"

洛千凰苦苦思索："作为皇帝，最在意的，应该是他的江山和子民吧。"

凤紫嗤笑："这么说，他还是一位千古明君喽。"

洛千凰从不否认轩辕尔桀在政治上所做出的种种功绩："比起一些不作为的皇帝，他确实是一位明君。"

在凤紫的引导之下，洛千凰将自己能想起来的一些过往，事无巨细地分享出来。

在讲述的过程中，洛千凰才后知后觉地发现，当她嗔怪他不肯花太多时间陪自己玩时，他时时刻刻都在为国计民生这些家国大事忧心。

长江决堤，黄河泛滥，朝廷一边要拨银两为受灾百姓解决吃住问题，一边要想办法将水患问题彻底解决。

各省贪官不计其数，在多方势力的角逐下，朝廷随时都可能处于危险之中。

外忧内患频繁滋扰，作为一个忧国忧民的皇帝，轩辕尔桀根本不可能置身事外。

拉拉杂杂说了一堆，洛千凰忽然问道："凤紫，这些无关紧要的事情，对你我二人有什么帮助？"

凤紫一边倾听，一边用匕首削着苹果，说道："我要给你制造一个向他讨人情的契机，一旦协议达成，你便可以利用这个契机向他索取相应的报酬。"

洛千凰满脸不解："别说我根本没有向他讨报酬的本事，即便有，一个被关进冷宫的弃后，你觉得我这辈子还有机会再见到他吗？"

凤紫自负一笑："放心，近期之内，他一定还会再来的。"

见洛千凰像老鼠搬家一样将衣裳首饰全部打包完毕，凤紫后知后觉地问道："你在忙什么？"

洛千凰得意地拍了拍鼓鼓囊囊的两个大包裹："这些都是咱们跑路时要用的盘缠，如无意外，足够咱俩衣食无忧地过上好几年。"

凤紫好笑又好气地用匕首划开缝好的包裹，看着里面的东西纷纷散落，她出言提醒："你是巴不得让所有人知道，你准备跑路了是吧？别说这些御用之物拿到外面无用武之地，即便派得上用场，你觉得就凭我们两人的力气，搬得动这两座小山吗？"

洛千凰拍了拍胸脯，小声说道："我力气还是很大的。"

在看到凤紫递来的一记白眼后，她不情不愿地将物品一一放回原位。

看着梳妆台上那些金灿灿的首饰，洛千凰忍不住小声抱怨："没有财物傍身，我们只能喝西北风了。"

凤紫将削好的苹果一切两半，一半咬到自己的口中，一半塞到了洛千凰的嘴巴里："有我在，不会让你喝西北风的。"

凤紫的预言准到让洛千凰感到不可思议。就在当天傍晚，轩辕尔桀果然再次来到了长乐宫。

因为没有心理准备，正在屋子里跟凤紫叙家常的洛千凰在说到童年趣事时，一时没控制好愉悦的心情，抱着枕头笑躺在柔软的床铺上。

按捺不住心底的激动，她乐不可支地说："我当时真是太傻了，居然连那种事情都会相信……"

就在洛千凰还想再说下去时，跷着二郎腿正在啃苹果的凤紫忽然脸色一变，她将剩下的半颗苹果丢进洛千凰的嘴巴里，冲她做了一个噤声的手势。

洛千凰还没反应过来，就眼睁睁看着身轻如燕的凤紫朝敞开的窗口处纵身一跃，无声无息地消失在黑夜之中。

与此同时，两道房门应声而开，身穿便装的轩辕尔桀毫无预兆地推门而入。踏进房门时，正好看到洛千凰姿态不雅地抱着枕头躺在床边，嘴巴里还叼着半个苹果。

轩辕尔桀的突然出现，吓得洛千凰心头一颤，双眼下意识地朝窗口的方向望过去，瞬间了然。

凤紫的反应速度真是令人惊叹，轩辕尔桀似有所感，脸色阴沉地朝窗口处追过去，闯入视线的，却是窗外一望无际的夜空。

他警惕地看向洛千凰，厉声问道："是谁？"

迅速从震惊中回过神的洛千凰从嘴巴里将凤紫塞给她的半颗苹果取了出来，她故作懵懂地反问："什么是谁？"

轩辕尔桀指向窗口："刚刚跟你在屋内说话之人，究竟是谁？"

洛千凰装作一脸惧怕的模样，颤巍巍地说："偌大的长乐宫只有我一个活口，如果这里有第二个人，那一定是鬼。"

轩辕尔桀面无表情地盯着她的双眼。

进门之前，他隐约听到房间里传来阵阵谈话声。除了洛千凰之外，长乐宫内并无仆役，没有第二个人存在的情况下，她到底在跟谁讲话？

轩辕尔桀忽然对门外吩咐："周离，去查一查，长乐宫附近有没有可疑人物出现。"

外面传来周离的回应。

不多时，周离在门外说道："皇上，周围并无可疑之人，倒是有几只野猫在附近流窜。"

轩辕尔桀沉默片刻，说道："先退下吧。"

打发了周离，他缓步走向洛千凰，两人一个站，一个坐，气氛变得有些诡异。

就在洛千凰被他犀利的目光盯得心里发虚时，轩辕尔桀冷声问道："见了朕，却不接驾，你的规矩都学到哪里去了？"

洛千凰不甚在意地啃了一口苹果，边啃边说："我就是这般没规矩，皇上如果看不上我，何不将我逐出宫门，来个眼不见为净？"

轩辕尔桀讽笑一声："你以为皇宫内院是你想来就来、想走就走的地方？"

洛千凰故作淡定道："冷宫虽然寂寥难熬，但让我向你求饶认错是绝不可能的事情，我劝你最好还是打消这个可笑的念头。我无错之有，绝不低头。"

轩辕尔桀被她一脸固执的样子气笑了，干脆撩起袍摆，正大光明地在她面前坐了下来。

"洛千凰，是不是到了现在，你还没认清自己的立场？你可知道，现在的宫廷是何种局势？"

他的忽然靠近，让洛千凰心生戒备，她忙不迭地向床里的方向靠了靠，与他保持一定的距离。

轩辕尔桀有些气恼，拎着她的衣领，将她提溜到自己面前："朕让你躲了吗？给朕乖乖在这里坐着。"

洛千凰不轻不重地拍开他的手，没好气地说："男女授受不亲。"

千凰令
（十一）
凤谋无双
QIAN HUANG LING SHI YI
FENGMOU WUSHUANG

026

轩辕尔桀一把揪住她的手腕："朕是你的夫君，何来授受不亲一说？"

被他钳制住的洛千凰挣脱不开，只能被迫依偎在他的身侧："我已经是冷宫之人，宫廷变成什么局势与我何干？我知道你已经下旨公开选秀，备选的秀女们都很漂亮，如果你想告知此事，不必亲自来跑这一趟。"

轩辕尔桀抬起她的下巴问道："你不嫉妒？"

洛千凰拍开他的手，扭回自己的下巴："有什么好嫉妒的，那些秀女在我眼中，不过是一群可怜人罢了。"

轩辕尔桀好奇地挑眉："为何这么说？"

洛千凰微微一笑："你我也算相识良久，对于自己曾经的枕边人，我还是略有了解。如果你真的喜欢那些姑娘，早在与我大婚之前便可将她们纳入后宫。选在这个节骨眼公然选秀，背后是何居心，恐怕只有你自己知道。"

她的话，引起轩辕尔桀浓厚的兴趣。调整了一个舒服的坐姿，他颇有兴味地问："说来听听，朕公然选秀，究竟为何？"

洛千凰一语中的："为了余简！"

见轩辕尔桀目露诧异，洛千凰满脸的不耐烦："如今后宫空置、群龙无首，我愿意交出凤印，让出皇后的位置，不管你日后有何打算，与我都没半点关系了。念在你我夫妻一场的情分上，我可以向你保证，只要不伤及我的性命，我不会利用自己的天赋，做出任何不利于朝廷的事情。退让到这种地步，你还不满意吗？"

轩辕尔桀很想为自己的立场辩解一二，见洛千凰似乎对他和余简之间的关系误会颇深，一时之间，他竟不知该如何开口。

直到现在她都没意识到，真正让两人走到今天这步田地的罪魁祸首，其实并不是余简。

他之所以会生她的气，是因为她偷喝避子汤，潜意识里，她根本就没将两人的感情当一回事。太多的不满和纠结积压在心中无处发泄，他一边恼着她，一边又想着她。

仿佛看出他眼中的无奈，还想再奚落他几句的洛千凰戛然而止。

小心翼翼地向他身边凑了凑，她试探着问："你今天心情是不是不好啊？"

突如其来的一句关心，让轩辕尔桀心底生出一丝感动。见她眨着一双澄澈的黑眸望着自己，忽然有一种强烈的冲动，让他摒弃前嫌，揽她入怀。

这个伤自尊的念头，很快便被恢复理智的轩辕尔桀狠狠扼杀。在她没主动低头认错之前，绝不能被她这张纯真又无邪的面孔给迷惑了。

故作严肃地瞪她一眼，轩辕尔桀冷声说："虽然你被关进冷宫，但吃穿用度样样不愁。只要你不反抗，可以待在这里度过富足的一生。朕可没有你这样的福气，不但要为国事操劳，还要关心民生问题……"

见他一副给她极大恩惠的样子，洛千凰极为不满，不过她很聪明，没有当场发作，而是一改常态，与他讨论起朝堂之事。

两人夫妻一场，洛千凰对他平日忧心的事情略有了解，贪官、水患，是每一代君主都会遇到的难解之题。

换作从前，洛千凰对这些棘手的问题爱莫能助。自从与风紫接触后，她的眼界被调教得开阔许多。

凭着记忆，洛千凰徐徐说出自己的观点："当手中的权力达到可以支配别人命运时，贪势必会成为上层阶级获利的捷径。想要做到天下无贪，无疑是一个奢侈的梦想。所以从大局考虑，适当容忍贪官存在，是朝廷必须做出的妥协。当然，蚁穴虽小，溃之千里。一旦贪腐横行，将会给百姓带来灭顶的伤害。所以，朝廷必须在这方面做出相应的举措。比如成立察举制度，由官员推举出来的官员，一旦出现不善之举，推荐人也要受到牵连，只有官与官之间相互监察，才能将损失减到最低。另外，朝廷可以成立特殊的部门，对各地官员进行考察。还要加大惩治力度，罪证确凿，必须给予严厉的打击……"

洛千凰这番惊人的言论，令轩辕尔桀大为震惊。他有些质疑，眼前这个将朝廷局势分析得如此透彻的小丫头，真的是他的洛洛吗？

一个连完整奏折都读不出来的笨丫头，居然教他这个皇帝如何治理天下贪官？他耳朵没出问题吧？

更惊人的还在后面。口沫横飞的洛千凰在大谈政事之后，忽然从枕头下面翻出一张复杂的图纸。

"朝阳哥哥，你猜这是什么？"

因为一时忘了形，洛千凰忘了两人如今正陷入冷战，那句朝阳哥哥，在无意识的情况下，就这么被她唤出了口。

阔别多日，再次听到她亲切地唤自己朝阳哥哥，轩辕尔桀心里一暖，很想将她揽入怀中一泯恩仇。

当不经意看到图纸上的图形时，他瞬间被吸引去了全部思绪。虽然只是轻瞥一眼，熟读兵书的他还是一眼就看出图纸上画的是一种用兵阵法。轩辕尔桀激动地想要从她手中夺过图纸，却被洛千凰抢先一步躲了过去。

洛千凰得意一笑："想要这张图纸可以，你必须答应我一个条件。"

轩辕尔桀扑了个空，急切地问："什么条件？"

洛千凰很聪明地没有立刻提出自己的要求，而是将他的注意力吸引到了图纸上面。

晃动着手中的图纸，她振振有词地说："这张图上，画着天龙阵的布阵方法。你知道天龙阵吗？此阵威力惊人，一旦阵法成形，可以以一敌百，将敌人击得溃不成军。因为阵法太过厉害，而且懂此阵法之人早在数年前便消失于江湖，所以发展到今时今日，天龙阵已经彻底失传。"

洛千凰或许不知道天龙阵究竟有多厉害，从小就对排兵布阵颇感兴趣的轩辕尔桀，却深知天龙阵的可怕之处。

他惊讶地问："你怎么会知道天龙阵？"

洛千凰自负一笑："为了避免锋芒太露，适当地掩饰自己，也是求生之本。"

这番说辞，是凤紫郑重交代过的。洛千凰虽然不想邀功，但为了将凤紫的存在掩饰过去，她只能扯谎，用这种方式自圆其说。这一晚，轩辕尔桀实在是受惊不浅。

顾不得追问她为何要掩饰自己的真正能力，轩辕尔桀迫不及待地伸出手："朕要亲眼看一看，你手中的天龙阵图，究竟是真是假。"

见洛千凰目露防备，轩辕尔桀无奈说道："只要证明这张图是真的，无论你向朕索要什么，朕都会答应，绝不反悔。"

洛千凰说道："你发誓。"

轩辕尔桀胡乱点头："朕发誓！"

洛千凰小心翼翼地将图纸递过去，轩辕尔桀一把接过，迅速浏览图纸的内容。这一看，便是小半个时辰。

洛千凰困得直打呵欠，见轩辕尔桀沉浸在图纸之中没有离去的意思，她轻咳一声，提醒："时候不早……"

轩辕尔桀冲她做了一个噤声的手势："别打扰朕。"

洛千凰翻他一记白眼："已经接近子时了。"

轩辕尔桀迫不及待地脱去外袍："朕今晚留宿长乐宫！"

话音刚落，一道掌风劈来，没有任何心理准备的轩辕尔桀就这么直挺挺地昏睡过去。

不知何时窜进房间的凤紫拍了拍双手，没好气地骂道："你留宿在这里，本小姐住在何处？"

说着，她一把将轩辕尔桀从床上扯下，顺便抬起长腿踹他一脚："害得本小姐在房顶躲了那么久，你居然还想得寸进尺留宿在这里，真是蹬鼻子上脸。"

看着自家夫君在凤紫的肆虐下被踹倒在地，洛千凰张口结舌，不知该如何形容自己此刻的心情。

既然凤紫和轩辕尔桀他娘生得一模一样，就姑且将这一幕，当成是娘亲在教训不懂事的孩子吧。轩辕尔桀做梦也没想到，身为一国天子，居然被迫在地板上睡了一整晚。

洛千凰一度担心他会在中途醒来坏了大事，却被凤紫告知，她那一掌并未留情，昏睡三五个时辰不在话下。

事实果然如凤紫所说，中了一掌的轩辕尔桀，一动不动地在长乐宫的地板上度过一夜。

第二天清晨，趁他还未清醒时，凤紫将他拎回床上。直到小福子在长乐宫外提醒早朝的时辰就快到了，洛千凰才用力摇了摇他的肩膀。

被生生摇醒的轩辕尔桀感觉到眼前一阵发晕，摸着略有些疼痛的后颈，他不解地问："朕这是怎么了？"

担心他生出疑虑，洛千凰忙不迭地解释："你昨晚过于劳累，临时在这里休息了一晚。"

轩辕尔桀揉着酸胀的脖子问道："朕为何会过于劳累？还有，朕的脖子怎么如此之痛？"

洛千凰很担心他继续追问下去，会将凤紫牵连其中，于是动作迅速地抓过外套，胡乱地套在他身上："皇上身娇肉贵，自然适应不了长乐宫的恶劣环境，许是睡姿不对落枕了，所以才会颈肩酸痛。快别愣着了，早朝的时辰马上就快到了，别让大臣们在议政殿久等。"

轩辕尔桀有一肚子的疑问想要问她，当他的目光落到置放在枕边的天龙阵图纸时，眼底闪过一抹惊喜。

拿起图纸上下端详片刻，他惊讶地说："这是天龙阵的详细阵图？"

洛千凰胡乱点头："对对对，这就是天龙阵的阵图。"

千凰令
（十一）
凤谋无双
QIAN HUANG LING SHI YI
FENGMOU WUSHUANG
030

"可是你怎么会知道天龙阵？"

"我知道的事情还多着呢……"

"你……"

轩辕尔桀还想继续追问，小福子焦急的声音在长乐宫外再次响起："皇上，时辰已到，大臣们已经在议政殿等候多时了。"

轩辕尔桀小心翼翼地收好图纸，边穿衣服边对洛千凰说道："你在这里乖乖等着，朕忙完手边的事情再来找你。"

说完，他带着一丝焦躁和不甘，匆匆离开了长乐宫。

今日阳光明媚、气候宜人，难得赶上秀女坊每隔七天休沐一日。身穿宫装，头戴珠钗的余简在两个宫女的陪同下漫步于皇家的御花园。

园内花团锦簇、景色秀丽，偶有几只喜鹊飞过，给这风光无限的御花园带来几许生机和趣味。

想到自己将会在这座美丽的宫殿内度完下半生，余简的心情真可谓喜忧参半。喜的是，向来生疏冷漠的皇上，近日对她格外关照，几乎每隔几日，便会大张旗鼓地去秀女坊给她送一些华丽耀眼的珠钗首饰作为赠礼，每次都将其他秀女气得敢怒不敢言。

小福子专挑所有人都在场时，非常高调地将御赐的参汤送到她面前，声称自己是奉了皇上的旨意，送补品给余大小姐调补身体。

众目睽睽之下，为了避免落人口实，她只能硬着头皮将那碗鲜味十足的参汤一饮而尽。事后，她试着跟小福子商量，能不能免掉每天晚上的那碗参汤。

小福子却笑着说："余小姐久居战场，长年漂泊必然在外亏了身子，为了让余小姐有一副健康的体魄，皇上专门吩咐御膳房给余小姐好好调补。另外……"

小福子故作高深地说："皇上每天如此高调地给余小姐送参汤，还有另一个目的，他想借此机会，给余小姐在众人面前长长脸，余小姐可不要辜负了皇上的一番好意。"

在小福子的一番提点之下，虚荣心大大得到满足的余简只能接受这样的安排。就在余简心情复杂地回想着近日发生的种种变故时，一个宫女急切地穿过长长的回廊，直接走到余简面前。看清宫女的样貌，余简神色一怔。

她不动声色地冲两旁的随从做了一个挥退的手势，直到御花园的一角只剩下了她

和宫女二人，才出言问道："发生了何事？"

这个宫女，是她花重金收买的一个眼线，后宫之中有任何动向，都会在第一时间通禀于她。

宫女压低声音说："奴婢刚刚得到消息，皇上昨夜留宿长乐宫，今日早朝时分才匆匆离开。"

余简闻言面色一惊："此事当真？"

宫女神色凝重地点点头："千真万确，绝无虚假。"

余简内心一阵惊涛骇浪，实在不能理解皇上的做法，既然已经将皇后关进了冷宫，又为何要做出这番举动？

这时，一个小太监捧着一只蒙着红色绸缎的托盘由远及近。经过余简身边时，小太监恭恭敬敬地冲她行了一个礼。

余简拦住小太监，不解地问："这是什么？"

自从皇上陆陆续续派人去秀女坊给余简送礼物、送参汤的事情被传扬出去，余简在后宫的地位渐渐水涨船高，暗中巴结她、讨好她的人不计其数。

如今宫中局势多变，如果连审时度势的能力都没有，也就没必要在这深宫之中混下去了。

所以当余简询问到自己头上时，小太监不敢有任何隐瞒："宫外成衣铺的掌柜送来一套女式衣裙，据说，是皇上和皇后当日扮作平民百姓出宫游玩，经过成衣铺时，皇上亲自为皇后设计的。如今衣裙已经做好，特送来给皇后过目。"

余简冷笑一声："皇后已经被关进冷宫，今后怕是没有再穿此衣的机会。"

当余简抖开裙摆，看清裙子的款式时，不禁露出满脸的诧异。

若真如小太监所说，这件裙子是皇上亲自为皇后设计的，她可以想象，皇上在设计衣裳款式时，究竟付出了多少心血。

余简擅自将衣裙拿走的行为让小太监有些为难："余小姐，这衣裳……"

余简瞥了小太监一眼，笑着说："你先退下吧，这件衣裙，我会亲自送去长乐宫，给皇后娘娘过目的。"

半个时辰后，余简迈着轻盈的脚步，肆无忌惮地推开了长乐宫的两扇大门。

余简出现时，洛千凰正举着锄头，在院子里栽种瓜果蔬菜。在彻底摆脱这里之前，她得先顾好自己。看到余简像个不染尘世的天仙一般翩然出现在院门口，洛千凰的脸上流露出短暂的迷茫。

千凰令
（十一）
凤谋无双
QIAN HUANG LING, SHI YI
FENGMOU WUSHUANG

032

穿在余简身上的那条裙子，款式既新颖又眼熟。

没想到时隔数日，这条裙子居然穿在了余简的身上。

她举止得体地给洛千凰行了一礼，语带戏谑地说："给皇后娘娘请安了。"

洛千凰一手将锄头插进松软的泥土里，面无表情地说道："原来是大名鼎鼎的顺阳女侯。"

余简略作矜持："现如今，我已入住后宫，成为待选秀女。'女侯'这个称谓，实在不适合在后宫中继续使用。"

洛千凰岂会看不出余简的用意，她不客气地说："长乐宫乃是非之地，余小姐贸然来此，恐有不妥。"

余简故作认真地解释："我今日来此，是专程向娘娘赔罪的。"

洛千凰冷声问："余小姐何罪之有？"

余简再次冲她福了一礼："若非因为我，皇后娘娘也不会被皇上关进长乐宫。希望娘娘可以看在往日与皇上的情分上，切莫对皇上生出误会。无论到任何时候，我都不会觊觎娘娘的后位。"

洛千凰冷笑着反问："余简，好歹你也上过战场杀过敌。这放下武器、脱下戎装之后，怎么变得如此俗不可耐？"

被当众揭穿的余简笑得有些不太自然，没想到传闻中单纯天真的洛千凰，居然也有精明和毒舌的一面。既然已经被她看穿真相，余简也懒得在她面前继续演戏。

轻轻扯了扯华丽的衣袖，她笑着说："听说这身衣裳，是皇上亲自为皇后设计的。可不知为何，衣裳的尺寸竟然与我的身形如此贴合。这是不是意味着，从一开始，它就本该属于我呢？"

洛千凰不屑地笑了一声："反正都是我不要的，你喜欢，尽管拿去！"

余简心有不甘地说："事已至此，皇后又何必用如此可笑的方式为自己争取所谓的尊严？"

洛千凰笑意更甚："跟我谈尊严，怎么不问一问，这个东西，你自己有吗？"

"你……"

余简万没想到，外表看似单纯软弱的洛千凰，竟然有如此犀利的一面。

有心想要争辩几句，又担心会给自己惹来麻烦，临走前，她故作淡定地说："希望若干年后，皇后仍可以像今天这般不可一世、宁折不弯。我倒要见证一下，失去皇权的庇佑，你这个失了势的皇后，还能在这暗无天日的冷宫中嚣张到几时。"

余简傲气十足地踏出长乐宫大门，没走几步，她忽然觉得眼前掠过一道黑影，未等她反应过来，就被人狠狠踹了一脚。

这一脚又重又狠，即使余简功夫不差，她还是在控制不住的情况下连连向前俯冲了好几步。眼前是一汪废弃了很多年的荷花池，池内长年无人清理，导致里面有很多污垢，散发出浓郁的臭味。

毫无心理准备的余简，突然遭到不明人物的袭击，"砰"的一声，一头扎进了臭水池。

看着余简在臭水池中拼命呼救，躲在暗处看热闹的凤紫象征性地掸了掸鞋尖上的灰尘，嘴角勾出一个邪魅的浅笑，低声骂了一句："蠢货！"

第一百一十八章

忧双亲心事重重

千凰令
（十一）

凤谋无双

QIANHUANG LING SHI YI
FENGMOU WUSHUANG

036

御书房内，听完周离的汇报，轩辕尔桀面色微变。

"余简竟然去了长乐宫？"

对于此事，周离并未多加隐瞒，他如实说道："不但去了，而且穿着皇上当初亲自给皇后设计的那套衣裙去的。"

想到自己亲手为洛洛设计的衣裙居然被余简夺走，轩辕尔桀眼中泄出一丝杀意，捏在指间的玉笔，"啪嚓"一声断裂成两截。

他冷笑一声："后宫得势？风头正盛？看来，朕每天派人送给她的那碗人参鸡汤，不但没有让她失了神志，还让她得意得忘了形。"

思忖片刻，他对周离说道："寻个机会，将那件衣裙毁掉。有些东西既然不属于她，便不要让她再痴心妄想。"

周离平静地回道："那件衣裙，已经毁了。"

见皇上不解地看向自己，周离稍做犹豫，还是将发生在余简身上的那场变故说了出来："她刚踏出长乐宫大门，便出现一道黑影。黑影闪过的同一时间，余简毫无防备地落进了长乐宫附近的那潭臭水池。被打捞上来时，她只剩下了一口气。至于那件衣裙，余简在泥潭内挣扎的过程中，已经面目全非。"

轩辕尔桀敏锐地抓住了这句话的重点："你说的黑影究竟是什么东西？"

周离一脸茫然地摇了摇头："属下不知。因为潜伏在长乐宫周围的暗卫所身处的位置与长乐宫还有一段距离，事情发生时，他们只看到一道黑影在眼前闪过。至于那黑影是人是鬼，暗卫根本无法辨认。不过，余简被送回雪月宫接受御医治疗时，不厌其烦地说，在背后对她下黑手的人，正是长乐宫的皇后娘娘。"

轩辕尔桀蹙眉问道："余简亲眼看到洛洛踹她了？"

"当然没有！"

周离否认道："从个人实力来判断，不会功夫的皇后无法与久经沙场的余简相抗

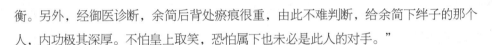

衡。另外，经御医诊断，余简后背处瘀痕很重，由此不难判断，给余简下绊子的那个人，内功极其深厚。不怕皇上取笑，恐怕属下也未必是此人的对手。"

轩辕尔桀面露警惕："也就是说，长乐宫附近有可疑之人徘徊左右？"

周离不敢妄下结论："暗卫时时刻刻守在长乐宫附近，多日以来，并未发现可疑之人。此事当然还有另一个解释，皇后娘娘天赋异禀，奇珍异兽被引至长乐宫为其所用，也并非没有这个可能。但余简口口声声说有人害她，属下怀疑，余简想趁机将火力转向长乐宫的皇后娘娘身上。"

想到余简的所作所为，无一处不踩到自己的底线，轩辕尔桀冷声说："看来朕是时候该给她一些教训了。"

秀女坊的大殿正中挂着一幅山水画。以余简为首的众秀女分坐两旁，在朱尚宫的介绍下，得知这幅山水画居然是出自太后娘娘凤九卿之手。

宫女们在挂画的时候，朱尚宫一脸严肃地说道："今日将太后娘娘的这幅《踏青》拿到诸位面前，是皇上亲自下达的命令。除了让诸位欣赏太后娘娘的佳作之外，皇上还提出，让在座的各位临摹此画，趁机考考你们的画技。"

得知今天的任务是临摹凤太后的一幅画，陈美瑜等人都很期待。众人知道，皇上对其母凤九卿十分敬爱。

如果通过一幅画便可以投皇上所好，陈美瑜等人很愿意在这幅画上花费所有的心力。

宣布完今天的任务，朱尚宫对众人说道："晚膳之前，希望可以看到诸位的杰作。"

为了不影响姑娘们作画，朱尚宫微福一礼，退出了门外。朱尚宫一走，殿内的气氛顿时变得轻松几分。姑娘们交头接耳，说说笑笑，时不时还要对着大殿正中的那幅画夸赞几句。

趁临摹之时，陈美瑜瞥向不远处的余简，就见余简提着画笔，皱着眉头不知从哪里下手，纸上呈现出一片空白。

陈美瑜趁机取笑："已经过去了半个时辰，余小姐怎么还不快快动笔？难道说，有勇有谋、被人称为巾帼英雄的余大小姐，根本不懂得写诗作画？"

陈美瑜一语猜中！在吟诗作赋方面，余简确实很不在行。凤九卿的那幅《踏青》，看着寥寥几笔颇为简单，可越是简单的东西，临摹起来便越是困难。

后背处隐隐作痛，那天在长乐宫挨的一脚，直到现在仍未痊愈。

千凰令
（十一）
风谋无双
QIAN HUANG LING SHI YI
FENGMOU WUSHUANG
038

一改往日的隐忍，余简不客气地回击："陈美瑜，你究竟算个什么东西，居然敢在我面前指手画脚？"

被当众责骂的陈美瑜瞪圆双眼，怒声反问："你敢骂我？"

余简忽然拔高声音："骂你又如何？像你这种不知廉耻的女人，我难道还骂不得了？"

陈美瑜岂能甘心受到这样的侮辱，当即起身，指着余简吼道："说我算个什么东西，你自己又是个什么东西？得了皇上的赏赐，就把自己当一回事？余简，别忘了，在这里，你的身份并不比任何人高贵。"

被成功勾出怒火的余简也随之起身，大步流星地走到陈美瑜面前，"啪"的一声，狠狠抽了她一记耳光："今天我就在这里告诉你，国母之位，非我莫属。陈美瑜，你听清楚，待我坐上皇后的位置，第一个要做的便是将你这个不识好歹的人丢进猪笼与猪为伴。"

说着，她一一指向其余秀女："还有你们这群小丑，一个都别想在我面前得好。"

陈美瑜捂着红肿的脸颊对众人说道："姐妹们都听到了吧？余简不但自称是一国之母，还扬言一旦坐上皇后的位置，便会将咱们这些跳梁小丑送进地狱。"

在陈美瑜的煽动之下，其他秀女全都怒了。一个个起身走向余简，七嘴八舌地指着她讨说法。面对眼前这一张张丑恶的嘴脸，怒意难平的余简利用自身优势，左一拳、右一脚，将这些花枝招展的姑娘全部打倒在地。

写诗作画她不在行，动手打人却不在话下。她是上过战场杀过敌的女英雄，这群弱女子在她面前就像小猫崽子一样毫无攻击力。姑娘们岂能白白挨打，众人合起伙来，与气势汹汹的余简扭打成一团。

洋溢着墨香味的大殿之内，瞬间变成了修罗场。

"砰"的一声，挂在大殿正中的画作在众人的扭打下被撞翻倒地。不知是谁踩了一脚，好好的一幅山水画，竟被破坏得面目全非。

朱尚宫的惊呼声适时响起，她尖着嗓音说道："你们到底在干什么？那可是凤太后的亲笔之作，竟被你们踩得一塌糊涂。"

一炷香后，轩辕尔桀在周离、苏湛以及小福子等人的簇拥下亲临秀女坊。轩辕尔桀沉着俊脸看着殿内的满地狼藉，闯下大祸的姑娘们瑟瑟发抖地伏跪于地，一个个吓得连气都不敢喘。当着皇上的面，朱尚宫不敢有任何隐瞒，将事情的来龙去脉复述了一遍。

听完朱尚宫的讲述，轩辕尔桀问向众人："朱尚宫所言之事，是否属实？"

被打得鼻青脸肿的陈美瑜哭着说："皇上，是余简先动的手。"

其他挨了打的秀女齐齐点头，纷纷将针对的目标指向余简。和众人一起跪在地上的余简，此时的脑子是发蒙的。

她也解释不清为什么事情会发展到这样的地步。她不想对陈美瑜这些人动手的，可当时那种情况下，她真的没办法控制自己的情绪，好像有一个声音在冥冥之中给她指引，等她反应过来时，事情已经发生了。

轩辕尔桀看向余简，柔声询问："皇后之位，非你莫属？"

她神色慌乱地摇摇头，语无伦次地解释："臣女当时实在被这些人气糊涂了，才会在羞恼之下胡言妄语……"

轩辕尔桀并没有继续为难余简，他面沉似水地看向众人，冷声问："你们可知，被毁掉的这幅画，于皇家来说，有多重要？"

陈美瑜被吓得只知道埋首哭泣，大祸临头，她已经意识到今天必然是难逃一劫。

已经渐渐冷静下来的余简颤声解释："我们并无毁画之心，一切都是意外。"

轩辕尔桀脸色发沉："一句意外，就可以弥补你们犯下的错误？这幅画出自母后之手，被父皇视为无价之宝。此画堪称皇家圣物，如今被毁，一旦追责下来，就连朕，恐怕都无法向父皇交代。"

余简鼓起勇气说："臣女愿意承担责罚。"

轩辕尔桀并未应声，他看向朱尚宫："按照宫中律例，犯此错者，应该接受怎样的惩治？"

朱尚宫不敢怠慢，连忙说道："宫规有明文规定，宫内斗殴者，掌嘴五十、罚跪三日。毁坏皇家圣物者，杖责六十、罚跪五日。带头挑事者，当受双倍惩罚。"

听到刑罚如此严重，姑娘们瞬间变得面无血色。

陈美瑜向前跪爬了几步，哭着说："皇上，我等都是弱女子，万万受不起这样的刑罚啊。求皇上法外开恩，饶过我们吧。"

余简也是脸色惨白，不敢相信，这样的灾难，有朝一口会落到自己的头上。她向前膝行了几步，颤声说："皇上，您真的忍心看着我们被活活打死吗？"

轩辕尔桀故作为难："诸位都是大臣家的千金，无论伤了哪个，朕都不好向臣子们交代。"

小福子低声说道："皇上，太后私藏被毁，负责记录宫中财物的官员那边势必要

千凰令
（十一）

风谋无双

QIAN HUANG LING SHI YI
FENGMOU WUSHUANG

040

讨个说法。"

得知自己可能会为了一幅画丢掉性命，余简吓得砰砰磕头："皇上饶命，我不想死。"

其他人也吓得重重磕头，哭着喊着求皇上一定要网开一面。

轩辕尔桀为难地对朱尚宫说："虽然这起事端是余简所起，但她是我黑阙皇朝的第一女侯，朕实在不忍见她受此刑罚。"

陈美瑜等人一听，心中大骇。

皇上这话说得可真是诛心，事端明明是余简挑起来的，皇上居然藏了私心，要放过余简一马，这让众人如何忍得？

余简则是心花怒放，没想到事到如今，皇上还愿意站在她的立场替她筹谋。看来皇上对她果然有情有义。

朱尚宫面露犹豫，低声说："若皇上厚此薄彼，恐怕会落人话柄。"

轩辕尔桀沉默片刻，说道："斗殴也好，毁画也罢，既然事情已经发生了，朕若对此事轻轻揭过，免不得又要被官员们联名弹劾。朕也不多罚你们，凡参与者，受杖四十，至于余简……"

他深深看了余简一眼，故作为难地说："其身份特殊，减刑一半，受杖二十，立刻执行。"

得知自己难逃责罚，余简双股颤颤，心尖一跳。虽然还是要挨板子，但二十板和四十板相差了整整一倍，她自问自己的体质，撑过二十板，应该不是难事。

宫中用来惩罚犯错之人的板子虽不厚重，打在身上也会让她们难以忍受。当侍卫们将娇滴滴的秀女们按趴在地上时，不少姑娘还没挨打，便已经被吓得哭出声来。

板子砸下来时，受刑之人清晰地体会到疼痛的滋味有多难忍。陈美瑜算是比较坚强的，她从小接受严苛的闺阁调教，幼时顽皮，经常犯错，被父母长辈施以家法。

家中的板子虽然不比宫中可怕，挨起来也是非常难熬。因为有过非常多的挨打经验，陈美瑜从小就被告知，真正的千金名媛，即使挨打，也要将优雅的一面表现出来。所以当板子打在身上时，虽然她疼得流出了眼泪，却死死咬着嘴巴，一板接一板地忍受下来。

其他姑娘亦是如此，为了避免在人前出丑，尽可能地不将最难堪的一面表现出来。于是，当余简的呼痛声在庭院中响起时，显得是那么尖锐而又突兀。

第一板下去时，余简便发出刺耳的哀号，那声音凄厉得可怕。余简叫声越大，陈美瑜等人便越是愤恨。

这个余简真是不知廉耻，明明比别人少挨了一半，偏要发出这种惨烈的叫喊声引起皇上对她的注意。

陈美瑜不知道的是，负责给余简用刑的侍卫，是轩辕尔桀的贴身心腹。名义上，余简比别人少挨了一半，可实际上，侍卫在行刑时，几乎使出了全身的力气。

二十板下去，余简的臀腿处已经血肉模糊，不堪入目。她绝望地抬起头，试图张开嘴巴，向皇上求饶，可闯入视线的，却是轩辕尔桀那张无情又冷漠的面孔。

有那么一刻，她仿佛从他的眼中，看到了一抹残佞的杀意。在痛晕之前，余简心中泛出寒意，刚刚难道是她眼拙，看错了吗？

秀女坊的姑娘们因犯下过错而集体受刑的消息不胫而走，此事一出，在朝中引起了不小的轰动。

事后，家中有亲眷被送进后宫的大臣们以探病为名进宫打听才得知，被他们亲手举荐到皇上面前的余简，行事有多过分。

尤其是陈明举，得知女儿在余简的设计下接二连三在宫中遇挫，如今又在板子的肆虐之下趴在床上一动不动，陈明举十分后悔，当日为何要与冯白起合作，伙同朝中诸位大臣，将余简这么一个不知感恩的心机女送进宫廷。

总之，待选秀女们集体受罚一事发生之后，朝廷的格局已经在不知不觉中发生了变化。

御书房偏殿的棋桌上摆着一盘难解的棋局。

贺连城举棋不定，皱着眉头观望眼前的局势，他摇头叹息："皇上这步棋走得实在太妙，臣一时间竟无从落子。"

说罢，他将棋子放回棋盒，状似无奈地摊了摊手："臣输了！不但输了，而且输得心服口服。"

盘膝坐在棋桌前的轩辕尔桀将棋盘打乱，笑着问："再来一局？"

贺连城连忙摆手："皇上的棋技愈发精进，别说 局，即便十局，臣也未必是你的对手。这么精妙的构思，皇上究竟是如何想出来的？"

轩辕尔桀举杯啜饮，似笑非笑地问："你指的是棋，还是局？"

贺连城坦然说道："自然是局！时局！"

主动给轩辕尔桀斟了一杯茶，他调侃道："用如此残酷的手段对待自己的梦中情

千凰令
（十一）
凤谋无双
QIAN HUANG LING SHI YI
FENGMOU WUSHUANG
042

人，皇上，这般作为，就不怕寒了人家的心？"

轩辕尔桀佯装生气地瞪他一眼："什么梦中情人，不过就是一个城府极深的女人罢了。"

贺连城淡淡一笑："可惜啊，就算由皇上的心腹亲自行刑，也没能夺去她的性命。"

轩辕尔桀颇有耐心地将棋盘上的棋子一一收好，边收边说："她现在还不能死，一旦死了，这盘棋可就没得下了。"

贺连城不解地问："参汤的主谋现在查到了吗？"

轩辕尔桀并未隐瞒："初步断定，余简便是幕后主使。"

贺连城微微一惊："她的手已经长到可以伸进皇宫的御膳房？"

轩辕尔桀冷笑一声："手长也是要付出代价的，这二十板子，便是朕回送给她的第一份大礼。"

贺连城长长叹了一口气："就是可惜了太后娘娘的那幅《踏青》。"

轩辕尔桀不以为意："朕随手临摹的一幅赝品，毁就毁了，不值什么。"

贺连城微吃一惊，而后问道："皇上花费这么多心思收拾余简，究竟是报复她给皇上下毒，还是替长乐宫的皇后娘娘打抱不平？"

轩辕尔桀反问："你觉得呢？"

贺连城谦虚一笑："私揣圣意可是死罪，臣不敢妄言。"

轩辕尔桀好笑又好气："这里没有旁人，你不必在朕面前装腔作势。"

端起茶杯喝了口茶，他关切地问："事情查得如何了？"

虽未明说什么事，与他相交多年的贺连城还是猜中了他心中所想，他直言回道："事情发生得太过诡异，用正常人的逻辑，无法解释太上皇和太后在大雨滂沱的那个夜晚，究竟遇到了什么变故。事后，我爹在家中算了一卦，卦象显示，太上皇和太后并未遇到生命危险。只不过行踪落在何处，我爹一时得不到答案。皇上放心，我已经派出暗部，对他二人的行踪展开秘密搜索。我爹说，只要机缘一到，太上皇和太后必会平安归来。"

轩辕尔桀忍不住又问："贺相有没有替岳父岳母算一卦？"

贺连城摇了摇头："自从我爹隐于朝堂，如非必要，轻易不会再去算卦。他曾在祖师爷灵前发下誓言，三年一卦，说到做到。为了查明太上皇与太后失踪的真相，我爹已经将近三年的机会用掉。至于逍遥王，凭我爹的经验和直觉来判断，目前应该尚在人世。"

说到这里，贺连城担忧地问："逍遥王遭遇意外一事，皇后娘娘仍不知情？"

轩辕尔桀点头："逍遥王的下落被查明之前，朕会一直对她隐瞒下去。"

啜了口茶，他又说道："所以暂时将她关进长乐宫也是好事，长乐宫消息闭塞，与外界隔绝。没有闲言碎语，她可以将那里当作世外桃源。等眼前的这些麻烦事都解决之后，朕再考虑要不要将她放出来。"

贺连城认真劝道："皇上这样想，娘娘未必也是如此。长乐宫再悠闲惬意，那里终究是一座冷宫。被关得久了，皇上就不怕皇后心生怨怼？"

"她有什么好怨怼的？"

每每想到洛千凰当日的所作所为，轩辕尔桀就恨不能狠狠教训她一顿。

"子嗣问题，涉及大统，可她却自作主张地将朕的血脉扼杀于母体，换作是你，又当如何？"

这个话题，再次勾起贺连城的伤心事。想到他和灵儿失去的孩子，贺连城一改先前的谈笑风生，心情不佳地说道："这大概是上天注定的。"

轩辕尔桀后知后觉地发现自己无意中又触到好友的痛点，他不甘地反驳道："朕不信命！"

这时，向来冷静沉稳的周离行色匆匆地踏入殿内，语气激动而又急切："恭喜皇上，阵法已成！"

长乐宫的确如轩辕尔桀所说，与世隔绝、消息闭塞。如果没有凤紫的加入，洛千凰可能一辈子也无法知道外面的世界已经变成了什么样子。

自从凤紫渐渐摸清皇宫的地形，宫中的大小事情，便成了她茶余饭后必讲的八卦。

"所有的秀女全部受了杖责之刑？"

饶是洛千凰对宫中的八卦不感兴趣，得知此事时，她还是不可避免地露出了震惊的神色："为何会发生这种事情？"

趴在床上正在享受按摩的凤紫见洛千凰忽然停下指尖的动作，连忙指挥道："别趁机偷懒，肩膀这里也给我好好按一按。"

在凤紫的命令之下，洛千凰只能嘟起嘴巴，继续在她的穴位处进行指尖按摩。

见她乖乖按摩自己的肩膀，凤紫舒服地嘤咛了几声，才慢吞吞回答之前的问题：

"如果我没猜错，你那皇帝夫君以画为由责打选秀之女，最终的目的，是想用这种雷霆手段震慑余简。你知道吗？受刑的秀女每人被罚四十大板，唯有余简刑罚减半，只罚二十。为此，那些受了四十刑杖的秀女对余简得到这种特殊待遇极为不满，可她们不知道的是，打在余简屁股上的那二十板子，真正的威力，比一百大板还要严重。不得不承认，你那皇帝夫君的确是有些手段，不但让余简吃尽了苦头，还让她成为众矢之的。一举两得，实在是高明。"

洛千凰听得云里雾里很是懵懂："什么意思啊？"

凤紫回头送她一记白眼："你是真傻还是装傻？你那皇帝夫君，在变着法替你报仇呢。那余简不但穿着你的衣裳来长乐宫耀武扬威，还当着你的面口出狂言，不日之后，她会顶替你的位置被封为黑阙皇后。如果你的皇帝夫君真的想废黜你的位分，早在将你关进冷宫时便颁下废后圣旨。诸多事实证明，他并无废你之心，可急着上位的余简却跑来冷宫示威，换作是谁，都容忍不了这种事情吧。"

支起下巴，凤紫粲然一笑："细细琢磨，这场宫廷大戏，看起来还蛮有趣的。"

洛千凰在她的痛穴上按了一把，凤紫疼得眉头直皱，她没好气地抱怨："你谋杀啊？"

洛千凰愤愤说道："你看戏还看上瘾了是吧？整日像条滑不溜秋的泥鳅一样在宫中游走，万一哪天被人逮到，我还如何倚仗你离开这个鬼地方？"

凤紫的回答极其自负："凭我的本事，根本没人逮得到我。"

"你真这么有本事，怎么连自己是谁都记不起来？"

这个问题，着实将凤紫问住了，她颇为认同地点了点头，喃喃自语地说道："我究竟是谁，的确是一个棘手的问题。"

翻了个身，她盘膝坐在洛千凰面前，摆出一副认真的姿态："我记得你说过，我的长相，与你皇帝夫君的母亲极其相似。要不这样，我伪装成他娘的模样，命令他放了你如何？"

洛千凰像看白痴一样看着她："横看竖看，你今年不会超过二十岁。以你的年纪，生得出他那么大的儿子吗？"

凤紫故作深沉地揉了揉下巴："这的确是一个难题。"

"另外……"洛千凰郑重提醒，"父皇母后在出宫寻找我爹娘时离奇失踪，你以母后的身份突然冒出来，势必要向所有人解释究竟发生了什么事。一旦你暴露真容，引起的麻烦将无穷无尽。我宁可用迂回一点的方式慢慢抽身，也不想让事情变得更加复杂。还有啊……"

洛千凰不厌其烦地提醒："下次再有人来长乐宫闹我，你千万别用对待余简的方式对待别人。那一脚踹下去，虽然替我鸣了不平，可万一被人发现你的踪迹，这长乐宫，可就不安全了。"

凤紫正要说些什么，耳聪目明的她忽然神色一变。

她冲洛千凰做了一个噤声的手势，低声说："有人来了！如无意外，可能是你的皇帝夫君。小千，记得我交代你的那些事，不管他问什么，你都必须从容应对。另外，别忘了抓准时机，向他讨要你的报酬。成败与否，就看这一回合了。"

匆匆做了一番交代，凤紫翩然起身，如一片轻盈的树叶，"咻"的一声，悄无声息地从房间消失。

凤紫前脚刚走，轩辕尔桀便兴冲冲地踏进房门。尾随在他身后的，是提着一只食盒的小福子。阔别数日，小福子再见到洛千凰，仍像从前那般态度恭敬。

放好食盒，小福子行了一礼："奴才见过皇后娘娘。"

不给洛千凰应声的机会，轩辕尔桀冲小福子摆摆手："这里没你的事了，退下吧。"

小福子不敢多言，只能乖乖离开了长乐宫。

小福子一走，轩辕尔桀迫不及待地在洛千凰面前坐了下来，激动地说："朕刚刚得到消息，天龙阵法已成，且威力惊人。洛洛，你告诉朕，天龙阵失传已久，你为何会精通此阵？"

对轩辕尔桀这种痴迷于军事和兵法的领袖型人物来说，凡是可以给朝廷带来利益的事情，都会让他如获至宝。早在年幼时他便久闻天龙阵的威名，可惜天龙阵失传于世，就算久经沙场的老将，提起"天龙阵"三个字时，也是谈之色变。

不为别的，只因天龙阵威力太大，一旦阵法成形，将会成为战场上的巨大杀器，为军方带来无穷的利益，同时会给敌方一记致命的打击。轩辕尔桀无法理解，如此可怕的阵法，洛千凰是从何得知的。

早就料到他会有此一问，按照凤紫事先给自己准备的说辞，洛千凰不疾不徐地解释："我那晚做了一个梦，梦中遇到了一位神仙。那神仙在梦中告诉我，她是武神，精通兵法，最擅长的，便是布阵。天龙阵，是她自创的一套阵法，因为威力太过逆天，为了平衡世间法则，所以渐渐失传。除了阵法之外，这位神仙还给我讲了不少治世之道。我之所以对朝堂之事略有领悟，也是拜这位神仙所赐。"

轩辕尔桀满脸质疑地看着她："你是不是觉得朕像三岁娃娃那般好骗？"

洛千凰无辜地摊摊双手："若非如此，我怎么可能会画出天龙阵的阵法图？你我相识这么久，我什么样子，你比谁都清楚。我连一本完整的奏折都读不出来，怎么可能将朝堂的局势分析清楚？"

这个疑点，令轩辕尔桀难以解释。但梦到神仙这个说法，他同样难以置信。

看出他眼中深深的质疑，洛千凰神色淡然地说："你爱信不信。"

轩辕尔桀一把揪住她的手腕，咄咄逼人地问："你真的没骗朕？"

洛千凰用力挣扎了几下，发现挣不开，只能皱眉放弃，她老老实实地说："长乐宫宫墙高耸入云，就算我会轻功，也飞不出那高高的围墙。在无法与外界联系的情况下，你觉得我有什么筹码对你说谎？"

"好，你告诉朕，除了这些，那神仙还与你说了什么？"

洛千凰像看白痴一样看着他："神仙也是很忙的，不可能夜夜都来入我的梦。"

虽然这个解释听起来十分荒谬，就眼前的情况分析，轩辕尔桀居然找不到半点漏洞。

长乐宫因为环境特殊，工匠们当年在修葺宫墙时，故意增加了宫墙的高度，防止受困于此的犯错妃嫔借外力逃离此地。

以他对洛洛的了解，这种高度的宫墙，洛洛是没办法逃出去的，这也是他放心将她关在这里的真正原因。排除一些不符合逻辑的可能，轩辕尔桀不得不接受神仙入梦这个说法。

见洛千凰并没有因为自己的到来而面露喜悦，轩辕尔桀生出一个大胆的猜测："朕听说，余简那日来了长乐宫……"

洛千凰若无其事地点点头："对，她的确来过！"

轩辕尔桀有些心虚："朕亲自为你设计的那套衣裙，因为一些意外原因已经被毁。若你不弃，朕会命裁缝按照你喜欢的款式，重新为你缝制几套。"

洛千凰不想为了这些鸡毛蒜皮的小事斤斤计较，她开门见山地说道："既然天龙阵阵法已成，你答应我的承诺，是不是也该兑现了？"

轩辕尔桀今日来此也是为了此事。天龙阵阵法成形，必将给朝廷带来无穷的利益，洛千凰出此妙计，功不可没。来之前，他已经做好心理准备，无论洛千凰提出怎样的要求，他都会一一满足。

两夫妻闹了这些时日，想必她已经做出了退让。不然，她也不会为了讨他欢心，处处站在他的立场为他着想。看来，被关进冷宫反省的这些日子，她确实学乖了不少。回宫之后，再给她上几堂教育课，让她深切地懂得以夫为天的道理究竟有多重要。

如此一番安排之后，轩辕尔桀笑着问："你想要什么？"

洛千凰干脆利落地伸出两根手指："第一，当初在龙御宫伺候过我的婢女和太监，不管他们的下场如何，我要你宽恕他们的罪过，不要继续为难他们。"

对轩辕尔桀来说，那些下人的生死，根本不在他的关心范畴。

点了点头，他承诺："好，朕稍后便下旨，让他们各司其职、恢复原位。"

"第二！"

洛千凰伸出第二根手指："与我和离，放我出宫！从此婚嫁自由，互不相干！"

轩辕尔桀嘴边的笑容渐渐消失，待他消化她所说的字字句句，眼中浮现出一抹冷意："你说什么？再说一次，朕没听清。"

他所盼所求，可不是与她和离、放她出宫这个结果。来此之前，他专门让小厨房准备了丰盛的晚膳予以庆祝。可满心的欢喜和激动，在听到她的要求时，就如同一盆冷水浇灌下来，让他从头寒到了脚。换作从前，洛千凰一定会被他阴鸷的表情所吓到。

可此时此刻，她却勇敢地将自己的愿望重新复述了一遍："我说，与我和离，放我出宫，从此婚嫁自由，互不相干！"

轩辕尔桀压下心底的熊熊怒火，冷笑着反问："这便是你对朕的最终诉求？"

洛千凰郑重地点头："对！"

"朕不准！"

他虽然没有当场动怒，却用冰冷刺骨的声音向她证明，她的提议对他来说简直荒谬得不可饶恕。

洛千凰急切地说道："你答应过我的……"

轩辕尔桀冷声说："不管朕答应过你什么，想要从朕身边彻底离开，你简直是做梦。"

洛千凰再也按捺不住心中的焦躁，怒声说道："我爹娘离奇失踪，生死不明。发生这么大的事，你居然对我隐瞒至今。夫妻间连最起码的诚信都没有，你倒是告诉我，这深宫，我还有必要久留下去吗？"

轩辕尔桀神色微变："你都知道了？"

洛千凰冷冷一笑："若要人不知，除非己莫为！"

事到如今，轩辕尔桀终于意识到，也许从一开始，洛千凰这只小狐狸便故意在他面前与他演戏。真没看出来，外表无害的她，竟有这样的谋略和手段。

"洛洛，朕当真是低估了你。明明已经身陷囹圄，却对宫中局势如此了解。想必那天龙阵，也是你用来迷惑朕的手段之一。"

话至此，他霍然起身，居高临下地与洛千凰四目对视："朕可以无条件纵容你的一切任性，唯独离开朕，你想都不要想。"

说罢，他转身欲走，衣袖被洛千凰一把揪住。

她可怜兮兮地看着他，眼中忽然盈满泪水："朝阳哥哥，就当我求你，放我离开，我要出宫去找我爹娘……"

看到她哭出来的那一刻，轩辕尔桀确实心软了。

可想到心软的后果是与她永久分离，他硬起心肠，用力甩开她的手，绝情地说道："别做梦了，朕这辈子都不会对你放手！如果你继续冥顽不灵，就做好这辈子都留在这里的准备吧！"

无视洛千凰绝望的哭泣声，轩辕尔桀怒然离去。听到外面传来重重的关门声，洛千凰知道，这次谈判，她失败了！

轩辕尔桀前脚刚走，凤紫便晃晃悠悠踏进宫门。

拍了拍洛千凰的肩膀，她皱眉问道："你曾拍胸脯向我保证，你那皇帝夫君人品极佳、注重承诺。既然注重承诺，为何得到了他想要的东西之后，却不肯兑现之前的诺言？"

抹了把眼角的泪水，洛千凰后知后觉地问道："你当日问我他人品如何，竟是为了这一天？"

凤紫一本正经地反问："不然呢？难道天龙阵阵法图这么重量级的筹码，不足以让他做出妥协？"

洛千凰被凤紫的"天真"气得无言以对："早知如此，我真不该在他身上浪费时间。现在好了，打草惊蛇的后果，是会让他对我更加防备……"

"那可未必！"

凤紫晃了晃手中不知何时多出的一块令牌："也许这个东西，到时候可以派上用场。"

看清令牌上刻画着"如朕亲临"四个大字，洛千凰神色一惊："这令牌从何处而来？"

凤紫自负一笑："自然是从你的皇帝夫君身上顺来的！"

第一百一十九章

闹决裂生死对局

千凰令
（十一）
凤谋无双
QIAN HUANG LING SHI YI
FENGMOU WUSHUANG
050

用"非常糟糕"来形容余简现在的情况真是再恰当不过。

二十廷杖说重不重，但行刑之人使出浑身力气狠狠打下二十大板，就算余简身体康健、体魄惊人，在棍棒的重袭之下也煎熬不住。

被抬回雪月宫时，余简已经陷入了深度昏迷。经过御医一番治疗，虽然捡回了一条命，却被告知，右腿腿骨被廷杖打裂，接下来的一段时间，余简不但要在床上将养，如果恢复不好，恐怕日后还会落下残疾。

这个消息对余简来说无疑是一个天大的噩耗，想到日后在众目睽睽之下一瘸一拐走路的丑态，到时候，不知道要引来多少人对她的讥讽和嘲笑。

惊慌失措之下，病榻中的余简吵着闹着非要见皇上一面。在雪月宫伺候的宫女不敢怠慢，只能替余简将诉求禀报到皇上面前。得知余简要见自己，正掰着肉干喂教主的轩辕尔桀露出一个意义不明的讽笑。

他对传讯的婢女吩咐："回去告诉余简，待朕忙完手边的公务便去看她。"

婢女不敢有半点异议，临走前，仿佛从皇上嘴边捕捉到一抹嘲弄的冷笑。婢女心中一惊，隐约意识到了什么，后背蓦地泛出一层寒意。她片刻不敢停留，匆匆离开了这处是非之地。

即使在各种名贵药材的滋补之下，余简的情况依旧不好。那二十板子，几乎夺去了她半条命。看到轩辕尔桀终于出现，余简一改往日伪装的坚强，泪水顺着眼角夺眶而下。

她泣声道："皇上，我委屈。"

状似撒娇的哭诉，看在小福子眼中简直可笑至极。这位余小姐怕是还不知道，她能落得这步田地，正是皇上亲手所致。

轩辕尔桀并未靠近，他用温柔又不失冷漠的声音说道："宫规森严，不可触犯，即便是朕，也不能在众目睽睽之下肆意违抗。"

余简徒劳地伸着手，哭着说："可我是被人陷害的，所有人都嫉妒我，她们联起手想要将我置于死地。"

轩辕尔桀冷声问："你说的她们，指的是谁？"

余简厉声控斥："秀女坊所有的人。"

"所以呢？"

轩辕尔桀居高临下地看着余简："你让朕如何去做？遣散秀女坊，独留你一人？"

不给余简发声的机会，轩辕尔桀继续说道："余简，从你卸下军权，踏入宫闱的那一刻就该明白，后宫与前线之间仅止于有无硝烟这个区别。"

见余简一脸备受打击的样子，轩辕尔桀放柔声音："朕知道你挨了打，心中极不好受。为了平衡各族的势力，朕不得不让你先受些委屈。"

余简奋力摇头："皇上，您有所不知，是皇后她，她想置我于死地。"

轩辕尔桀微微皱眉："此事与皇后何干？"

余简极力说道："她收买宫中行刑的侍卫，用刑时，那些侍卫对我下了狠手……"

轩辕尔桀目露不悦："众所周知，皇后已经被关入长乐宫。"

余简并未发现轩辕尔桀已面露愠色，受刑以来，她无数次在心底分析目前局势，陈美瑜等人固然可恨，但比起冷宫中的那一位，洛千凰才是挡在她面前最大的阻碍。

"二十板子的确不多，可若是行刑之人下死手，别说二十板，即便是十板也会要了我的命。放眼后宫，唯一想夺我性命的，只有皇后。她在后宫积威多年，就算被关进冷宫，也不影响护她之人为她效力。皇上素来英明聪慧，恳请皇上为我做主。"

"余简，你是在要求朕下旨除掉长乐宫的皇后？"

他如此直白的一句询问，将余简问愣在当场。换作从前，她绝不会提出这样的请求。可是最近，她发现自己越来越控制不住心中的欲望，有些话，未经思考便脱口而出，说出口后才发现犯了多大的忌讳。

面对皇上慑人而又灼热的目光，余简语无伦次地解释："我……我自然不是这个意思。我，我只是……"

轩辕尔桀没兴趣去听余简的辩驳，他冷声说："余简，给你一句良心的忠告，只有看清自己的位置，才会在复杂的后宫活得长久。"

无视余简慌乱的眼神，留下一句"好好休养"，轩辕尔桀便带着看够好戏的小福子扬长而去。余简是真的慌了，她根本无法解释自己为什么当着皇上的面说出那样一番话。

好不容易盼来了皇上，她要诉苦、她要撒娇、她要宣泄心中的委屈。就算她想将谋害的罪名扣在洛千凰头上，也绝对不是这个时候。为何计划好的事情，最后竟落得这样的局面？

就在余简惶惶不知所措时，陈美瑜的到来，给了她最致命的一击。同样是受刑之人，挨了四十板子的陈美瑜只在床上休养三五日，便活动自如恢复了大半。

听说余简仍趴在床上不能动弹，深感自己被连累的陈美瑜迫不及待地跑来雪月宫看余简笑话。

对陈美瑜来说，这四十板子她挨得极冤。如果不是余简挑头闹事，她根本不必受此大刑。

每每回想起在君前受辱，陈美瑜便恨不能将余简这个罪魁祸首碎尸万段。

看到余简惨白着一张脸趴在床上一动不动，陈美瑜幸灾乐祸道："哟，这是装给谁看呢？"

见陈美瑜不请自来，余简露出愤恨的目光："滚出去！"

陈美瑜非但没走，反而踱步进了房间："听说余小姐伤势甚重，我好心来探望一二，你怎么能往外赶人呢。"

无视余简犀利的瞪视，陈美瑜走到床边，一把掀开她身上的薄被。

被子被掀开时，陈美瑜不由得诧异起来："哇！这便是传说中的屁股开花？"

余简的伤确实很重，在板子的肆虐之下，臀腿处血肉模糊，几近露骨。就算经过药物处理，伤处仍旧触目惊心。

躲闪不及的余简被陈美瑜擅作主张的行为气到目眦欲裂，她使尽全力抢回被子，狠狠推了陈美瑜一把，怒吼："滚！"

陈美瑜眼中露出兴味，语带恶意地说："不难看出，皇上对你的确是另眼相看。你屁股上的伤，让我明白了一个道理，爱之深、责之切，便是皇上对你感情的最佳诠释。余小姐，这份殊荣，别人可是求之不来呢。"

留下一个讥讽的笑容，陈美瑜得意地离去。未曾发现，两束阴狠的目光，正如死神般，紧紧追随她离去的背影。

陈美瑜死了，死于深夜。宫女发现时，陈美瑜的尸体已经硬了。

周离第一时间将陈美瑜的死讯禀报到皇上面前，这个突如其来的消息令轩辕尔桀始料未及，他不由得脱口问道："死因是什么？"

周离不敢隐瞒："经仵作初步查验，死于剧毒。"

轩辕尔桀蹙起眉头："下毒之人可曾查到？"

周离摇头："未曾！不过，据陈美瑜身边伺候的宫女交代，陈美瑜死前去过雪月宫，并激怒了余简。从表面来看，余简与陈美瑜的死脱不开干系，可调查下去，又抓不到余简半分罪证。"

轩辕尔桀哼笑："连朕都在不知不觉的情况下着了她的道，她埋在宫中的心腹又何止一二。"

周离神色变得警惕："这些暗桩，不可久留。"

轩辕尔桀抬手制止："现在不是打草惊蛇的最佳时机。"

"那余简……"

"余简背后站的是谁？"

周离琢磨片刻，得到结论："冯白起！"

"冯白起是余丛文的旧部，身披战功，手握兵权。为了推余简上位，暗中笼络一部分朝臣，如今在朝中很是得势。与冯白起相比，宫中那几个为余简办事的都无足轻重。"

周离困惑不解："无论谁坐在国母的位置，都撼动不了冯白起的地位。属下实在不明白，他为何对推余简上位这般执着，仅仅是为了余丛文？据属下所知，余丛文生前，对冯白起并不看重，他一介武将，没必要参与后宫之争。"

轩辕尔桀眸中闪过深意："恐怕这背后藏着更深的秘密。"

周离瞬间了然："属下定会一查到底。"

他顿了顿，又试探着问："陈美瑜的死……"

轩辕尔桀自负地一笑："陈美瑜当然不能白白死掉。"

沉吟片刻，他低声对周离交代几句。

听完吩咐，周离微微一笑："皇上放心，属下定不负皇上所托。"

陈美瑜暴毙身亡的消息被公布之后，瞬间引起众人恐慌。尤其是陈美瑜的父亲陈明举，万没想到，女儿还未被封为妃嫔，便香消玉殒、一命呜呼。

就在陈明举准备去皇上面前讨说法时，有关余简与陈美瑜之间的恩怨在周离的安排之下被传得沸沸扬扬。

千凰令
（十一）
凤谋无双
QIAN HUANG LING SHI YI
FENGMOU WUSHUANG

054

陈美瑜嫉妒余简君前"受宠"，联手他人找余简麻烦，在后宫闹出了很多是非。

初时，余简面对陈美瑜的挑衅还能纵容一二。随着陈美瑜等人越来越放肆，余简渐渐露出本性，不止一次在众人面前与陈美瑜针锋相对。

无数宫人证明，陈美瑜中毒身亡的前一天，曾去雪月宫对养伤中的余简发出挑衅。余简虽有伤在身，行动不便，却并未掩饰她对陈美瑜的浓浓恨意。然后，陈美瑜便不明不白地死在榻上。

虽然抓不到确凿证据，可种种矛头直指余简，不管陈美瑜是不是余简所杀，当传言被广泛散播后，所有人都相信，幕后凶手就是余简。

周离迫不及待地将最新的结果汇报上来："皇上果然神机妙算，陈明举听到宫中传言，掉头去找冯白起闹。他将陈美瑜的死归罪到冯白起和余简身上，非要冯白起给一个说法。冯白起当然不可能吃这个亏，誓死不承认陈美瑜的死与他有关。两人越吵越凶，陈明举离开时放下狠话，陈美瑜在天有灵，绝不会让杀人凶手逍遥自在。他认定杀害陈美瑜的元凶就是余简，经此一闹，必会退出冯白起的阵营。那些支持冯白起的朝臣在陈明举的影响下，对冯白起、余简二人心生嫌隙，今后会闹到哪种地步，指日可待。"

这个结果，完全在轩辕尔桀的预料之中。少了陈明举等人的助力，他就不信冯白起和余简还能继续蹦跶。

周离感叹："秀女坊的小姐们向来唯陈美瑜马首是瞻，她这一死，倒是为余简清除了不少障碍。"

"未必！"

御案前的轩辕尔桀手指灵活地把玩着毛笔："朕手中还有一张底牌没用。"

周离面露不解，小心求问："皇上所说的这张底牌，莫非与如意殿的那位有关？"

轩辕尔桀停下指尖的动作，对周离吩咐："将她召来吧！"

自从陆清颜被教主所伤，一直在如意殿休养生息。经过数日调养，陆清颜的伤已经恢复得七七八八。虽然如意殿地势偏僻、内侍极少，宫中发生的大小事情，还是不可避免地传到了陆清颜耳中。

得知洛千凰被关进了冷宫，陆清颜不知是喜是忧。

御书房里，俊美无俦的年轻帝王一如从前那般英气逼人。难怪选秀的旨意下达之后，文武官员们都迫不及待地将府中待嫁的千金送进宫中。

皇上玉树临风、才智出众，别说掌控大权、手握江山，即便是寻常人家的普通男儿，拥有这样的才情和容貌，也会吸引无数女子蜂拥而至。

只有陆清颜知道，这具好看皮囊下所包裹的灵魂，冷血残佞，为达目的不择手段。她万分后悔自己当日荒谬的决定，以为借皇家之势便可以摆脱曹家的追杀。

殊不知，从她迈入京城的那一刻起，一只脚已经踏进了地狱。如今后悔已经晚了，除了被动等待，她已经失去了求生之道。

"陆清颜，知不知道朕今日为何要召你过来？"

轩辕尔桀清冷的声音，打断了陆清颜的冥想。她不敢再有半分杂念，乖乖跪下磕头问安："臣女不敢妄揣圣意，还望皇上明示。"

轩辕尔桀并未让她起身，他步下御案，走到殿中，居高临下地看着陆清颜："被囚禁在如意殿的滋味不好受吧？"

想到自己像个囚犯一样被关在那座堪比冷宫的宫殿中，陆清颜只觉浑身一冷，一种莫名的恐惧迎面而来。

轩辕尔桀戏谑地问道："你怕朕？"

陆清颜伏跪在地，诚实回道："皇上龙威齐天，何人不怕？"

"只要你够聪明，朕不会杀你！"

陆清颜惧意更甚，不敢应声。

轩辕尔桀并没有制造太多悬念，开门见山地说道："广选秀女一事，想必你已经听说了。"

陆清颜不敢隐瞒，垂头应道："是！"

"此次选秀共二十四人，几日前，参选的一位秀女因为意外暴毙而亡，空了个缺，朕思来想去，决定让你来填补这个名额。"

陆清颜吓得面无血色，她无论如何也没想到，会是这样一个下场。

轩辕尔桀垂眸质问："你不愿意？"

陆清颜脑中一片空白，已经忘了该如何思考。

"陆清颜，给你一句忠告，有些人，你肖想不起。"

虽然没指名道姓，陆清颜却一下子猜出，皇上所说的那个她肖想不起的人，正是贺连城。

连日来经历了这么多磨难和痛苦，她早已看清眼前的局势。

轩辕尔桀冷声说："朕给了你活下去的机会，能否把握住，端看你自己的选

千凰令
（十一）

凤谋无双

QIAN HUANG LING SHI YI
FENGMOU WUSHUANG

择。"

长乐宫周围突然布满守卫，这令洛千凰愤恨不已。早知如此，她就不该听从凤紫的安排，对轩辕尔桀采取什么见鬼的迂回战略。

在她看来，没有比现在的情况更糟糕了。早一步硬闯，或许还有一丝逃脱的希望。自从她以天龙阵为筹码，求轩辕尔桀放她一条生路惨遭拒绝后，她的处境就开始变得举步维艰。

"这怎么能怪我？"

凤紫觉得自己特别冤枉："若非你当日误导我，说你那皇帝夫君一言九鼎、信守承诺，我何至于苦口婆心地教你治国之道，让你拿天龙阵去交换人身自由。一个将朝廷大义、军队力量摆在第一位的国君，竟然为了你这个小女人言而无信、背信弃义，这完全脱离了我的计划。"

振振有词地说完，凤紫的神色有些愤愤："早知如此，当初确实该冒险一闯。姑奶奶我跟他讲原则，没想到他却跟姑奶奶玩阴的，可惜我花了两天两夜画出来的那张天龙阵，便宜那个浑蛋了。"

见洛千凰一脸纠结，凤紫没好气地戳戳她的额头："是你没把话讲清楚，白白浪费这么多时间。"

洛千凰委屈极了："我早说过，迂回战略对他没用。"

凤紫据理力争："既如此，你何必将他的人品夸得天上有、地下无？"

"我……"

"我知道你在气什么，不过多说无益。"

凤紫抬手制止洛千凰的辩解："虽然情况变得棘手，局面仍在可控之内。若当初我执意带你硬闯禁宫，说不定你现在的处境会更糟糕。一旦擅逃冷宫的罪名被坐实，你那位皇帝夫君说不定会在一怒之下将你关进刑部大牢。比起暗无天日的牢房，长乐宫勉强还算是一个不错的栖息之地。"

洛千凰满脸焦急："爹娘生死不知、下落不明，我必须尽快离开这里，不想再浪费无谓的时间。"

她急切地拉住凤紫的衣袖："那块令牌呢？能否派上用场？"

凤紫摇头："暂时不能。"

"既然不能，你为何偷它？"

凤紫从腰间抽出令牌，来来回回把玩了一会儿："现在不能，不代表以后不能。既是御用之物，总会有派上用场的时候。"

对于凤紫想一出是一出的行事作风，洛千凰已经习以为常。

"哦，对了！"

凤紫忽然想到什么，将洛千凰拉到房间的角落处："这次出去，你猜我打听到了什么有趣的事情？"

虽然长乐宫周围被加派了守卫，凤紫仍能在宫廷侍卫们的眼皮子底下来去自如，并且对打听后宫消息乐此不疲。

她兴致勃勃地对洛千凰说起最近的趣闻："那个像花孔雀一样跑到你面前耀武扬威的陈美瑜，几日前忽然暴毙，中毒身亡。"

正因无法逃离这座牢笼而陷入悲愤的洛千凰，闻言不由得大吃一惊："陈美瑜死了？"

凤紫饶有兴趣地点头："不但死了，而且死状极惨。听外面的传言说，在背后给她下毒的，正是她的死对头余简。"

洛千凰不知该如何形容自己现在的心情，虽然她对陈美瑜没有好感，但活生生的一个人就这么毫无预兆地惨死深宫，她几乎可以想象，这座看似华丽的宫廷，角落处隐藏着多少肮脏。

凤紫并未结束话题，她继续说道："陈美瑜身亡，意味着参选的秀女空出了名额。一个叫陆清颜的姑娘在你那位皇帝夫君的授意下，填补了这个空缺。"

"你说什么？"

许久没听到陆清颜的名字，洛千凰差点忘了此人的存在。

她激动地抓住凤紫的衣袖，压低声音问："你确定陆清颜也加入选秀的行列？"

凤紫看出她眼中的怒意，不解地问："难道你与这个陆清颜之间有什么恩怨？"

陆清颜这号人物，的确勾起了洛千凰心中诸多恨意。面对凤紫好奇的眼神，洛千凰简单地说了一下自己与陆清颜之间的种种过往，包括陆清颜当初倾慕贺连城，痛下杀手，险些害得轩辕灵儿一尸两命。

听完陆清颜犯下的种种罪行，凤紫气不打一处来地说道："你脾气是不是太好了，当日你贵为皇后，完全可以利用手中的权势，将这种蛇蝎女人打入地狱。"

"你以为我不想？"

洛千凰从未像恨陆清颜这般恨过一个人，不是为了自己，而是为了灵儿。

千凰令

（十一）

凤谋无双

QIAN HUANG LING SHI YI
FENGMOU WUSHUANG

058

"每当我要惩戒陆清颜，便会有人出来阻止。"

凤紫接口问道："阻止你的人，难道是你的皇帝夫君？"

洛千凰恨得牙痒痒："除了他，还会有谁？"

凤紫忽然得出一个结论："小千，你有没有想过，真正被你那位皇帝夫君放在心尖的女人，就是这个陆清颜？"

洛千凰下意识地想要否认，想到过去发生的种种，她居然找不到否认的理由。

察觉到她的情绪变得低落，凤紫忍不住安慰："从目前的情况来看，带你离开皇宫颇有难度，但替你杀掉陆清颜对我来说轻而易举。小千，只要你一句话，那个姓陆的，不会有机会再见到明天的太阳。"

"不必了！"

洛千凰心灰意冷地摇摇头："他想娶谁、爱谁是他的自由，我只求尽快离开这里，不想为了过去的恩怨节外生枝。凤紫……"

就在洛千凰还想继续说些什么的时候，凤紫忽然冲她做了一个噤声的手势，她低声说："小心，有人来了！"

洛千凰还未反应过来，凤紫已经一溜烟儿不见了人影。与此同时，宫门被人从外面拉开，周离满脸笑容地走了进来。

他恭敬而又客气地给洛千凰行了一礼："属下见过皇后娘娘。"

洛千凰迅速整理好情绪，冲周离露出一个僵硬的笑容："我如今沦落到这步田地，实在当不起你如此大礼。"

周离神色极为认真："娘娘不必妄自菲薄，无论从前还是现在，没人可以撼动您国母的位置。在属下心中，您永远都是属下最敬重的皇后娘娘。"

寒暄过后，周离对尾随而来的宫人吩咐："还不将东西给娘娘抬进去。"

看着十几名小太监抬着箱子踏进宫门，洛千凰面露不解："这是什么？"

周离忙道："皇上吩咐属下给娘娘送些生活物品，皆是按照娘娘平日的喜好准备的。"

见洛千凰一脸冷色，周离忍不住替自家主子说好话："不瞒娘娘说，自从皇上下旨让您暂居长乐宫，他时时刻刻都在心底记挂着您。"

洛千凰干笑一声："周离，你我相识多年，这些场面话，就免了吧。他对我是什么心思，长眼睛的人都看得出来。"

看了看宫外的守卫，洛千凰面露疲惫："真正在乎一个人，是不会将心爱之人当成囚犯的。"

周离一时语塞，尴尬地朝外看了一眼，手足无措地解释："近日外面不太平，皇上也是担心娘娘安危，才加派人手，严加保护。"

洛千凰对此并不领情，当面拆穿他的谎言："究竟是保护还是囚禁，你我心知肚明。"

"皇后……"

洛千凰抬手制止周离的劝慰："多说无益，你走吧！"

周离无奈，只能打消继续劝说的念头。

冲洛千凰深施一礼，他恭敬地说道："娘娘保重，属下告辞。"

周离踏出长乐宫，小心翼翼地掩好宫门，正欲转身离去时，猛然察觉到有一双眼睛仿佛在暗处盯着自己。

周离自幼习武，五感皆明。直觉告诉他，方圆五里左右，隐藏着一个绝世高手。

当周离警惕地巡视周围环境时，危险的感觉已渐渐消失。事关皇后娘娘的切身安危，周离不敢对皇上有任何隐瞒。匆匆来到御书房，他将自己的猜疑和发现禀报给皇上。

周离的话令轩辕尔桀很是诧异："你怀疑长乐宫附近藏着隐世高手？"

周离实话实说："隐世高手只是属下初步的猜测，因为那个人……"

他琢磨了一下用词："那个人身手敏捷、速度极快，仿佛存在，又仿佛不存在，未曾交手，属下一时难以判断。"

轩辕尔桀被周离的结论气笑了："什么叫仿佛存在，又仿佛不存在？存在即是存在，不存在即是不存在。按你这个逻辑，难不成长乐宫真的闹鬼了？"

周离单膝跪地，主动请罪："属下不敢妄下结论。"

轩辕尔桀有些懊恼："下不了结论，就给朕仔细去查！"

周离单手撑地，语带愧疚："回皇上，属下事后派人查了，并未发现任何端倪。"

轩辕尔桀陷入沉思。他与洛千凰相识已久，那傻丫头是什么德行，早已在他心中烙下印记。

连一份完整的奏折都读不出，他绝不相信，仅凭一场梦，她便有本事将失传已久的天龙阵复制出来。

难道长乐宫真的藏着他不知道的秘密？想到洛千凰故意跟他藏心眼，轩辕尔桀莫名生出一种被背叛的滋味，顾不得正在跟洛千凰闹冷战，摆驾长乐宫，他要亲自过去一探究竟。

轩辕尔桀的突然到来，令洛千凰猝不及防。长乐宫的宫门忽然被人从外面推开，数名侍卫闯进宫门。

轩辕尔桀神色冷肃地朝四周观望一眼，随即对侍卫们下令："搜！"

看着无数名宫廷侍卫像抄家一样四处搜索自己的居所，洛千凰愠怒地瞪向轩辕尔桀："皇上这是何意？"

轩辕尔桀负着双手，一步步逼近洛千凰，开门见山地说："朕怀疑，除你之外，长乐宫另有他人。"

洛千凰神色微变，指着高高耸立的四道院墙："这里比刑部大牢还要森严，别说是人，即使飞进一只苍蝇也逃不过外面那些守卫的眼线。无缘无故说我藏人，难道你想无中生有，趁机治我一个窝藏之罪？"

轩辕尔桀似笑非笑地问："你藏了吗？"

洛千凰回得振振有词："当然没藏！"

"既然没藏，朕派人四处搜搜，你怕什么？难不成担心朕真的会在你这院子里搜出些什么？"

洛千凰竭力保持冷静，皮笑肉不笑地说："好，你尽管搜，我不拦着。"

见洛千凰一脸故作镇定的小模样，轩辕尔桀起了几分试探的心思："朕很好奇，你何时得知你爹娘回程途中遇到麻烦无端失踪一事？"

洛千凰心中百转千回，为了不将月眉连累进去，她扯谎道："我事后发现，那封平安信并非出自我爹之手。虽然笔迹伪造得极像，但赝品就是赝品，只要认真观察，必会从中发现端倪。"

轩辕尔桀嗤笑一声："这番说辞，朕不会相信。"

洛千凰有些气恼："你爱信不信！"

轩辕尔桀故作严厉："你可知君前放肆，该当何罪？"

洛千凰送了他一记白眼："那你杀了我啊！"

"你以为朕不敢？"

"敢！你当然敢！你是高高在上的九五至尊，捏死我就像捏死一只蚂蚁那么容易。看谁不顺眼，你只要一道旨意下去，便可将其挫骨扬灰，我一个手无缚鸡之力的小女人，岂敢在皇权面前耀武扬威！"

这番带着怨气的话，将轩辕尔桀气笑了。

"嘴里说着不敢，却句句往朕的胸口上戳。洛千凰，你吃准朕不会拿你怎么样吧？"

洛千凰哼笑："皇上这话不是在打我的脸吗？全京城谁不知道，我洛千凰君前失宠，跌下神坛，如今被囚禁在冷宫之中不见天日，落得这般可悲下场，你竟然说不会拿我怎么样？皇上，我有今天，可都是拜你所赐！"

轩辕尔桀听不得曾经乖巧可人的小绵羊在他面前这般犀利，不由得斥责道："若不是你犯错在先，朕岂会这样狠心罚你？"

洛千凰怒问："敢问皇上，我犯了何错？"

旧事重提，再次勾起轩辕尔桀心中的怒意，他目光森冷地瞪着洛千凰，一字一句地说："未经恩准，扼杀朕的亲生骨肉，这难道不是欺君大罪？"

洛千凰不以为意："这么期待血脉繁衍，你何不找别的女子去给你绵延子嗣？秀女坊待选的美女不计其数，只要皇上雨露均沾，来年此时，便可有一群孩童承欢膝下。"

轩辕尔桀面带戏谑："朕扩充后宫，广纳妃嫔，你心中一定很不舒服吧？哦，朕似乎忘了告诉你，你最讨厌的陆清颜也被列入了妃嫔的候选名单。"

在轩辕尔桀的刺激之下，洛千凰的确恼了，按捺不住心中的愤慨，她怒声吼道："从你将我关入长乐宫的那天起，咱们之间的夫妻情分就已经断掉了。从今以后，你娶得别人，我也嫁得别人。现在我就把话放在这里，待我洛千凰逃离这个鬼地方，必寻一位比你强百倍、千倍、万倍的男子风光嫁掉。秦朝阳，大家走着瞧。"

洛千凰放肆的言辞，成功挑起轩辕尔桀心中的怒意。

他一把揪住她的衣领，嘶声问道："刚刚那番话，你敢不敢再说一次？"

洛千凰露出一个挑衅的冷笑："别说一次，再说十次百次，又有何惧？"

怒极之下，轩辕尔桀扬起手，便要挥下一耳光。洛千凰无畏地迎视着他的手掌，眸中放出两道犀利的冷芒，仿佛发出无声的警告，彼此多年堆砌的感情，必会被这一巴掌挥得烟消云散。

手掌挥到一半，被理智回归的轩辕尔桀生生忍住。

他挫败地将洛千凰一把推开，指着她的额头骂道："你尽管逞口舌之快，朕倒要看看，没有朕的恩准，你用什么办法逃出这座牢笼。"

一口气骂完，他转身看向搜捕的侍卫："查到了什么？"

千凰令
（十一）
凤谋无双
QIAN HUANG LING SHI YI
FENGMOU WUSHUANG

062

侍卫们战战兢兢过来回话："皇上，长乐宫里里外外并无任何可疑之处。"

轩辕尔桀心有不甘，对侍卫们吩咐："加派人手，严加守卫。"

他一手指住洛千凰："别让这个女人给朕逃了！"

侍卫们齐齐应是，不敢违抗。

看着一行人浩浩荡荡地绝尘而去，洛千凰长长地松了一口气。

幸亏凤紫提早一步意识到事情有变，她才在最短的时间内销毁凤紫存在的痕迹。

"看来，长乐宫是不能久留了。"

突如其来的声音吓得洛千凰哆嗦了一下，回头一看，才发现凤紫像幽灵一样不知何时出现在身后。

她拍了拍疯狂跳动的心脏，心有余悸地问："你怎么回来了？"

顶着一张和凤九卿一模一样的面孔，凤紫大咧咧靠坐进椅内："不回这里，我去何处？"

洛千凰赶紧将门窗关好，低声说："外面全是守卫，这里已经不再安全。"

"我知道！"

凤紫不慌不忙地揪起果盘中的一粒葡萄丢进嘴里，边吃边说："那个叫周离的侍卫倒有些本事，居然被他给寻到了踪迹。好在他只是捕风捉影，并未抓到确凿证据。"

她抬头看向洛千凰："这种时候与你那位皇帝夫君撕破脸，对你来说并无好处。"

洛千凰正欲为自己辩解，凤紫忽然冲她竖起一根大拇指："不过，堂堂皇帝被你吼得几欲吐血，真是大快人心，干得漂亮。"

第一百二十章

为利益明争暗斗

千凤令
（十一）
凤谋无双
QIAN HUANG LING SHI YI
FENGMOU WUSHUANG

重伤未愈的余简并没有因为身上有伤逃过朱尚宫的调教。自从待选秀女们因陈美瑜和余简之间的争执惨遭牵连，每人当众挨了四十大板，朱尚宫仅给众人短短七天的休养时间，便召集众人，重回秀女坊接受宫规训练。

距大选的日子越来越近，秀女们已经没有多余的时间挥霍浪费。

于是，连走路都很艰难的余简，在伤势未愈之前，不得不重回秀女坊，继续忍受宫规的折磨。

直到这时，余简才意外发现，接受宫规洗礼的秀女中，不知何时多了一张新面孔。

此女身姿曼妙、容貌秀美，身上明明穿着与其他秀女一模一样的衣衫，站在人群中却显得出尘脱俗。用风华绝代、倾国倾城来形容此女子的容貌也不为过。

此女名叫陆清颜，从秀女们的闲聊之中余简得知，陆清颜居然是太后凤九卿的外甥女，当今皇上的亲表妹。

与行事高调的陈美瑜相比，这个拥有绝色容貌的陆清颜显然更有心机和手段。她谈吐文雅、举止得宜，将大家闺秀的气度和雍容表现得淋漓尽致，就连一向挑剔的朱尚宫都对陆清颜完美的表现赞不绝口。

"陆小姐德才兼备、博古通今，有朝一日，必会成为皇上身边的第一宠妃。"

结束一上午的宫规训练，秀女们终于长舒了一口气，凑在一起互拍马屁。陆清颜毫无疑问地取代了陈美瑜的位置，成为众人争相追捧的头号人物。

这些秀女都不是傻瓜，隐隐猜测，陆清颜很有可能是皇上钦定的宠妃人选。陆清颜不骄不躁、以礼相待，还拿出好几只漂亮的香囊、荷包，当作礼物送给众人。

"这些小玩意都是我亲手所绣，颜色花样各有不同。姐姐们若不嫌弃，可以挑几个拿去玩。"

陆清颜很是大方地将五颜六色的香囊、荷包推送到众人面前。

仔细一看，虽然只是一只只小小的香囊，但面料细软，绣工精湛，每一只作品都堪称独一无二，惹得姑娘们爱不释手，喜欢得不行。

"陆小姐当真是好手艺，这等绣工，绝对堪称大家之作。"

陆清颜一脸谦虚："实不敢当，姐姐们不嫌弃便好。"

"怎会嫌弃，我们求之不得。"

秀女们兴致勃勃地挑选起来，时不时还要说上几句赞美之言，将陆清颜夸得天上有、地下无。这样的结果，令陆清颜非常满意。

所有的人都在极力讨好陆清颜，唯独余简惨白着一张脸坐在角落处忍受未愈的伤处隐隐作痛。

在朱尚宫的调教之下被折腾了一上午，饶是余简耐力惊人，此时也汗流雨下，煎熬不住。

见余简被冷落在角落处无人问津，陆清颜挑了一个粉色的荷包，主动走到余简面前，笑着说："余小姐，若不嫌弃，这个荷包送你。"

在伤痛的折磨之下，余简的忍耐力早已接近崩溃边缘。

早在陆清颜处处抢占风光时，她便对陆清颜心生妒意，更何况她对荷包香囊这些东西全无好感，当陆清颜像施舍乞丐一样将别人挑剩的东西送到自己面前时，不知哪里来的一股火气，余简扬手一甩，粗暴地将陆清颜递来的荷包甩飞在地。

"什么廉价玩意儿，我不稀罕。"

漂亮的荷包被甩飞在地，原本嘈杂的房间忽然变得一片静谧。

陆清颜尴尬地站在原处，脸色忽青忽白，非常难堪。

她弯下身，拾起被余简打落在地上的荷包，露出一个难过的苦笑："抱歉，没想到余小姐竟这般厌我。有得罪之处，还望余小姐见谅。"

陆清颜越是这样谦卑恭谨，余简越是觉得陆清颜装腔作势的嘴脸极其难看。

她不客气地指向对面："滚！"

陆清颜咬了咬红唇，狼狈地转身离开。

余简无礼的行为，顿时引起其他秀女的愤慨。

"陆小姐一番好意，却被人如此对待。有些人啊，真是蛇蝎心肠，不知感恩。"

另一个秀女冷笑着接口："可不是嘛，陈二小姐尸骨未寒，九泉之下怕是死不瞑目。"

陈美瑜死于余简之手的消息如今已经被传得沸沸扬扬。

千凰令
（十一）
凤谋无双
QIAN HUANG LING SHI YI
FENGMOU WUSHUANG

066

虽然真凶未露水面，所有的人，包括陈家，已经将凶手定为余简。

碍于证据不足、无法定案，陈家只能吃下这个哑巴亏。

至此，余简在秀女坊的口碑可以说是一片狼藉。

换作从前，余简或许还有耐心与这些愚蠢的女人上演几场姐妹情深的戏码。自从板子加身，打去了她半条命，心底的戾气一天更甚一天。

"闭嘴！"

听着秀女们你一言我一语贬低自己，余简愤而起身，指着众人骂道："我是皇上亲自内定的皇贵妃，从今以后，谁再敢当着我的面胡说八道，待我上位之后，会亲自撕了你们的嘴。"

众人先是一惊，随即掩唇嗤笑。

"听到没有，未来的贵妃娘娘发威了，说要撕烂我们的嘴呢。"

"哎哟！我好怕呀，未来的贵妃娘娘生气了。"

众人一口一个"未来的贵妃娘娘"，摆明了将余简看成了跳梁小丑。

陆清颜适时从中做好人："各位姐姐都别说了，我看余小姐脸色苍白，似有不适，要不要通知朱尚宫，给余小姐请一位御医看看。"

"请御医"这三个字不偏不倚正好踩到了余简的痛处，令她倍感难堪。

"收起你那伪善的面孔，我好得很，用不着御医多走一趟。"

陆清颜被骂得眼含薄雾，脸上尽是委屈之意。她越是柔弱可怜，越会引起众人的同情。

一个秀女挺身而出道："余简，你不要太过分，别说你现在还没坐上贵妃的位置，即便你如愿坐上高位，也没资格滥杀无辜。"

另一个秀女故意接口："那可未必，你们难道忘了，害死陈二小姐的凶手如今还逍遥法外。"

陆清颜故作惊讶："陈二小姐是尚书府的千金，谁人如此大胆，敢加害尚书府名媛？"

秀女们齐齐看向余简，虽未直指其名，答案已经昭然若揭。被众人联手针对的余简懊恼不已，喉间蓦地涌出一股腥甜，按捺不住，竟生生被气得吐出了鲜血。

余简当众吐血，在秀女坊引起了不小的轰动。不管秀女心中对余简抱有多少不满，生死面前，她们不敢再妄为下去。

朱尚宫闻讯赶来时，余简的情况已经变得糟糕。她一边命人将余简送回雪月宫，

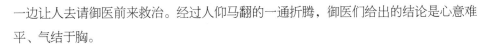

一边让人去请御医前来救治。经过人仰马翻的一通折腾，御医们给出的结论是心意难平、气结于胸。

朱尚宫不敢对皇上有所隐瞒，当即便将余简吐血的事情呈报上去。御医前脚刚刚离开，小福子便在皇上的差遣下来到雪月宫给余简送补品。

像往常一样，小福子将热腾腾的补品亲自送到余简面前，脸上露出谄媚的笑容："听说余小姐身体抱恙，皇上心中甚是担忧。这碗参汤，是皇上特意吩咐御膳房为余小姐炖的补品，里面加了不少昂贵的药材，余小姐快趁热喝吧。"

看着小福子每天不间断送来的大碗补品，余简生出强烈的抗拒。

捂着憋闷的胸口，余简耐着性子说："刚喝了药，胃里难受，这碗参汤先搁在这里，稍缓一些我再喝。"

小福子微微一笑："既如此，奴才只能在此恭候了。"

余简蹙眉："福公公有事可以先行离去。"

"不可！"

小福子一本正经地强调："皇上对余小姐的身体甚是担忧，特别吩咐奴才，一定要亲眼看着余小姐喝下补品，方可回去向皇上复命。"

余简眉头皱得更紧："不瞒福公公，我现在真的喝不下。"

小福子面不改色："奴才可以等，等余小姐喝得下的时候再离开也不迟。"

面对小福子的锲而不舍，余简知道再推托下去，只会让局面变得更加糟糕。迫不得已，她端起汤碗，硬着头皮将即将凉掉的参汤一饮而尽。

一口气喝完，余简将汤碗放到小福子面前，咬牙切齿地说："福公公可以回去向皇上复命了。"

小福子取过汤碗，笑眯眯地劝道："余小姐忽然吐血，此事可大可小。皇上让奴才给余小姐带一句话，深宫难测、人心复杂，若余小姐想在这里生存下去，凭一身蛮力是没有用的。只有学会做人，懂得处世之法，未来的日子才会长久。关于此道，余小姐可以与新入秀女坊的陆小姐好好学学。奴才言尽于此，不打扰余小姐休息，先行告退。"

连敲带打地说完这番话，小福子捧着汤碗扬长离去。直到小福子的身影渐渐消失，憋了一肚子火气的余简终于爆发了，一脚踹翻屋内的桌椅。杯碗落地，发出噼里啪啦的脆响。

门外传来脚步声，余简怒道："无论是谁，不准进来。"

千凰令
（十一）
凤谋无双
QIAN HUANG LING SHI YI
FENGMOU WUSHUANG

068

她不希望自己暴怒的嘴脸被雪月宫伺候的宫女传到外人面前。

房门依旧还是被人推开了，余简正欲斥责，待看清来人的模样，她渐渐歇了气焰。

"是你？"

来人是一个其貌不扬的宫女，此人是余简安插在宫内的眼线，同时在暗中替她对外联络。

宫女无视满地狼藉，轻轻掩好房门，从袖袋内取出一封信件，双手呈递到余简面前："主子来信了，请小姐过目。"

"主子"二字，令余简瞬间重视起来。

从宫女手中接过信件，展开一看，上面写着：计划不变，伺机动手，静候佳讯。看完，余简揭开油灯，将字条放到烛火前烧成灰烬。

她对送信的宫女说道："你回信给主子，就说我会按照计划行事。"

宫女微微颔首："但愿小姐不辱使命。"

正欲离开，余简忽然叫住她的脚步："帮我查查陆清颜的底细，这个人，我要想办法一并除掉。"

宫女点头："奴婢明白！"

夜里，沉入睡眠之中的洛千凰被混乱的梦境反复打扰。梦中的她仿佛回到了幼时居住的江州城，与她结伴同行的，是她的皇帝夫君轩辕尔桀。

二人身穿盛装，巡游江州，两旁百姓夹道围观，人山人海、热闹隆重。龙辇之上，她与轩辕尔桀十指紧扣，接受百姓的朝拜。忽然，前进中的龙辇戛然停下，毫无心理准备的洛千凰在惯性的作用下摔落龙辇。

现场瞬间变得混乱，洛千凰徒劳地伸出手，卑微地求助道："朝阳哥哥救我。"

轩辕尔桀却稳坐龙辇，居高临下地看着她，神色淡漠、目光冰冷。就在洛千凰惶惶不知所措时，轩辕尔桀缓缓起身，步下龙辇，一步步朝自己摔倒的地方走了过来。

洛千凰眼中盈满希冀，伸出手，期待她的夫君过来解救自己。可是，轩辕尔桀却越过她身边，径自向另一处走去。

转身望去，洛千凰眼睁睁看着她的夫君，面带笑容地走向另一个女人。是余简！身穿凤袍、头戴凤冠的余简。

轩辕尔桀慢慢执起余简的手，余简亲密地偎到男人的胸前。他们看起来就像一对天造地设的金童玉女，和谐美满得几乎让人移不开视线。

"朝阳哥哥……"

这样的变故，令洛千凰心如刀割。她不明白，自己的夫君，为何会被别人抢走。

身穿华服的余简就像一个睥睨天下的胜利者，她紧紧挽住轩辕尔燊的手臂，一手指向洛千凰："夫君，她天赋异禀，可号令猛兽，若不除掉，恐留后患。"

轩辕尔燊对余简露出一个宠溺的笑容："既然爱妃容不得她，朕便下旨将她送入地狱。"

洛千凰闻言目眦欲裂，不敢相信曾经被她深爱的男人会下达这样无情的命令。

侍卫们得到皇上的旨意，"呼啦"一下向洛千凰围拢过来。

"不要杀我，不要杀我……"

洛千凰猛地睁开眼睛，这才发现，刚刚所经历的一切，不过是一场可怕的噩梦。就在她想要长舒一口气时，可怕的事情发生了。

一柄迸发着冷芒的利剑，在月光的映衬下直逼咽喉。思绪仍沉浸在梦境中的洛千凰这才发现，一个蒙面的黑衣人手执长刀，一步步向床边走来。

窗外时不时传来兵戈碰撞的声音，好像有不少人陷入了厮杀之中。

黑衣人目光森冷地走向洛千凰，声音暗沉而嘶哑："属下奉皇上之命，送娘娘归西，娘娘安心上路吧。"

危险近在咫尺，懵懂中的洛千凰却无力反击。眼看长刀挥起，正欲落下，一柄利剑忽然刺穿了黑衣人的心脏。

猝不及防的黑衣人双目圆睁，手中的大刀掉落在地，发出"咔嗒"一记脆响。僵滞了片刻，心脏被刺穿的黑衣人两眼一翻，当场死去。

身后，站着一个身材高挑、眉目清俊的黑衣"男子"，只见"他"凶狠地从黑衣人体内抽出长剑，殷红的鲜血顺着剑刃流淌满地。

待惊愕中的洛千凰看清黑衣"男子"的长相，不由得低叫一声："凤紫？"

眼前这个清瘦高挑、俊美逼人的黑衣人，正是扮成男子模样的凤紫。

见洛千凰像个呆瓜一样看着自己，凤紫顺手丢给她一件外套，低声说："速速穿上，我带你离开。"

洛千凰手忙脚乱地接过外套，边穿边问："外面发生了何事？"

凤紫简单解释："一伙来历不明的黑衣人夜闯长乐宫，似乎想要夺你性命。那些负责监视你的守卫正在应对，小千，时机正好，咱们现在就走。"

千凰令
（十一）
凤谋无双
QIAN HUANG LING SHI YI
FENGMOU WUSHUANG

070

洛千凰跌跌撞撞跳下床，语无伦次地说："我，我得收拾一下行李……"

凤紫一把扯住她的手腕，怒道："事不宜迟，别收拾了。"

"可是……"

"少说废话，这是咱们脱身的最佳机会。"

凤紫不给洛千凰反应的时间，拉着她的手冲出宫门。长乐宫外，两伙人刀剑相见。一伙是来历不明的黑衣人，一伙是身穿侍卫装的大内侍卫。

随着加入的大内侍卫越来越多，黑衣杀手渐现劣势，当凤紫拉着洛千凰闯出宫门时，黑衣人已经被尽数抓获。现场一片狼藉，凤紫准备不着痕迹地带洛千凰趁乱离开。

"站住！"

火光之下，侍卫们敏锐地发现一个黑衣人正打算带着皇后离开。众人提剑，一步步朝洛千凰这边靠拢过来，气氛一度变得十分紧张。

洛千凰紧紧拉着凤紫的手，低声说："我们好像逃不掉了。"

凤紫回握住她的手指："我答应带你离开，绝不会食言。"

眼看侍卫们越逼越近，凤紫忽然掏出一块令牌，举到众人面前："看清楚，这是什么？"

当刻有"如朕亲临"的令牌呈现在众人面前时，出于本能，侍卫们齐齐跪下。

凤紫霸气地说："我奉皇上的命令带皇后离开，任何人都不准跟来。"

跪在地上的侍卫们一时傻眼，有令牌在前，众人不敢轻举妄动。

凤紫抓准时机对洛千凰说道："还不快跑！"

洛千凰的脑子虽然仍处于混沌之中，看着长乐宫的大门肆意敞开，她知道，此时正是逃出皇宫的最佳机会。当侍卫们反应过来时，凤紫已经带着洛千凰逃出了长乐宫的大门。

自从洛千凰被拘在此处，这是她第一次品尝到逃出生天的滋味有多美妙。终于可以离开这里了。纵然心中有再多不舍，她知道，从这一刻起，她与这座繁华宫殿的缘分已走到尽头。

经过日夜摸索，凤紫早已对宫中的地形铭记于心。就在洛千凰天真地以为自己可以与这座皇宫说再见时，耀眼的火光令漆黑的夜晚亮如白昼。

洛千凰誓死也要逃离自己的行为令轩辕尔桀大为震怒，尤其当他看到自己的女人像个小可怜一样紧紧依偎在另一个"男子"身侧，满腔的妒意几乎淹没了他的理智。

周离猜得果然没错，长乐宫深藏的高手，与洛千凰暗通款曲。一时间，被背叛、被欺骗、被玩弄的滋味萦绕心间，冥冥中有一个声音在提醒他，洛千凰死活不肯为他孕育子嗣，莫不是很久以前便与他人有了首尾？

滔天的嫉妒让轩辕尔桀愤恨不已。因为夜深，又与洛千凰和黑衣人之间隔着一段距离，即使火光通明，轩辕尔桀也只看到两人的轮廓，并未看清黑衣人的真正长相。

不过，从黑衣人高挑挺拔的身姿不难判断，这个试图拐走他妻子的浑蛋，是一名极其年轻的男子。

"他"以保护者的姿态紧紧将洛千凰搂在怀中，两人一高一矮，一个俊俏挺拔，一个纤细娇小，远远望去，倒像极了一对恩爱的璧人。

轩辕尔桀压下心中翻滚的醋意，对洛千凰说道："现在回来，朕可以对你既往不咎。"

洛千凰怒目而视："事已至此，你不必在我面前惺惺作态。我明白你已容不下我，只是没想到，你会用这种方式非要置我于死地。"

轩辕尔桀一脸无辜："朕从未想过让你死。"

洛千凰冷笑一声："今晚的谋杀，难道不是你一手策划？"

轩辕尔桀急急说道："朕护你都来不及……"

洛千凰根本不听他的解释："是杀是护，你我心中有数。"

凤紫有些听不下去："小千，别再跟他浪费时间。"

轩辕尔桀心中气急，对身后吩咐："给朕抓活的。"

得到命令的弓箭手齐齐准备。

洛千凰见势不妙，挺身挡在凤紫面前："我留下，放她离开。"

轩辕尔桀怒火更甚，无法接受自己的妻子为了另一个男人与自己对抗。

被挡在身后的凤紫忽然发出一声嗤笑，在洛千凰来不及思考之际，她提着洛千凰的衣领，纵身一跃，以极其轻盈的姿态跳上房顶。

她居高临下地对轩辕尔桀说道："给你一句忠告，做人不要贪得无厌，既然已经将结发妻子关入冷宫，继续纠缠不休，只会显得你幼稚可怜。"

她故意当着轩辕尔桀的面，霸道地将洛千凰揽入怀中："秀女坊美女无数任你挑选，至于洛千凰，小爷我要定了！"

这番话，凤紫不但说得狂妄十足，为了刺激轩辕尔桀，她还故意变了声音。

千凰令

（十一）

凤谋无双

QIAN HUANG LING, SHI YI
FENG MOU WU SHUANG

072

　　夜空之下，身材颀长的凤紫以极其高傲的姿态站在房顶，用清冷的男声当众向黑阙皇朝的九五至尊发出挑衅。

　　就连洛千凰都不敢相信，变了声音的凤紫，说话的声音竟与男子一模一样。以周离为首的一众侍卫彻底惊了，这黑衣人一定疯了，居然连皇上的女人都敢明抢。

　　轩辕尔桀被气得几欲吐血，情急之下，他对弓箭手下令："朕要此人立下黄泉。"

　　弓箭手拉弓上箭，就等皇上一声令下。

　　就在轩辕尔桀准备下令时，遮挡在月前的一丝乌云渐渐散开。

　　夜空忽然亮了几分，凤紫的五官渐渐清晰。

　　虽然彼此间隔出了好一段距离，但当轩辕尔桀慢慢看清凤紫的容貌，瞳孔忽然变大，下意识地唤道："母后？"

　　黑衣人的那张脸，与母后凤九卿几乎一模一样。

　　怎会如此？同一时间，一记清脆的口哨声响彻四空。

　　熟悉的哨声让轩辕尔桀暗叫一声不好，无数鸟儿在哨声的吸引下在空中云集。见状不妙，弓箭手欲射开飞鸟。

　　想到那张和母后一般无二的面孔，轩辕尔桀急忙下令："且慢！"

　　皇上忽然出言阻止，弓箭手不敢抗命，动作一致地收起弓箭。

　　与此同时，天上的飞鸟越来越多，黑压压的一片，须臾工夫，便遮挡住了众人的视线。

　　夜空中，传来凤紫的一声轻笑："小千，走了。"

　　洛千凰余音萦绕："朝阳哥哥，后会无期……"

　　两道身影，在鸟群的掩护下悄然离开。轩辕尔桀回过神时，房顶处已经空无一人。

　　"什么？劫走皇后的那个男子是太后？"

　　御书房里，听完来龙去脉的贺连城对皇上的讲述产生了质疑。饶是他颖悟绝伦，也无法猜透皇上话中的逻辑。

　　见皇上眉头紧皱，百般纠结，贺连城试探着问："据臣所知，太上皇和太后双双失踪。而且……"

　　贺连城轻咳一声，努力组织着语言："太后娘娘身为女子，怎么可能会变成男人？皇上，恕臣愚钝，实在理不清这其中玄机。"

别说贺连城一头雾水，就是目睹一切的轩辕尔桀此时也是一脸迷惑。

"连城，朕不会看错，那个人，与母后的样貌毫无差别。"

贺连城说出自己的见解："样貌相似，不代表她们是同一个人。许是皇上对离奇失踪的太后过于思念，才会误将劫走皇后之人错认成太后。"

事已至此，轩辕尔桀也只能接受这个说法。首先，如果那人真是母后，不可能会用那种态度对待自己的亲生儿子。其次，母后与父皇形影不离，母后如果回到京城，父皇不会避不露面。最重要的一点，那人虽然与母后样貌相似，但从年纪上来看，两者之间还是略有差别。

事发突然，在没有确凿证据的情况下，轩辕尔桀实在不好妄下判断。

贺连城给出建议："若想查清此事只有一法，尽快找到皇后的下落，天底下，恐怕只有皇后才知道其中真相。"

直到现在为止，贺连城仍旧是蒙的。没想到一夜之间，宫中发生这么多变故，他真不知该同情皇上，还是该说现在的一切都是皇上咎由自取。为了平衡朝中势力，先是将皇后打入冷宫，又不顾皇后的立场公然选秀。就算只是逢场作戏，这场戏，对皇后的伤害也未免太大。

皇上以为一切都在他的掌控之中，却忘了，皇后并非普通女子，必会在高压之下做出反击。皇上马失前蹄，这是贺连城早已预知的结果。唯一的变数就是，那个与太后样貌相同的男子抑或是女子，与皇后究竟是什么关系？

贺连城能想到的事情，轩辕尔桀自然也想得到。

"朕已经下令封锁全城，不出三天，洛洛定会主动现身。眼下最重要的，是查清夜里对长乐宫搞突袭的那些黑衣人究竟是何来历。"

这个问题并没有困扰轩辕尔桀太久，经过周离的连夜调查，黑衣人的身份已经查实，在酷刑的折磨下，被抓捕的黑衣人供出幕后主谋，正是大将军冯白起。

冯白起做梦也没想到，死士中居然有人贪生怕死。按照原计划，一旦任务失败，所有的死士都该自裁谢罪，万不料有漏网之鱼熬不过酷州审问，受刑的过程中居然供出了自己。

其实，冯白起还真的冤枉了那些死士。既然是死士，从接受任务的那一刻起，早已将生死置之度外。问题就出在，为了推余简上位，冯白起得罪了不少朝廷大臣，尤其是刚刚死了女儿的陈明举，恨不能将冯白起碎尸万段。

一夜之间，长乐宫遇袭一事朝野皆知，为了坐实冯白起的罪名，陈明举利用官职偷梁换柱，花重金收买了待斩的囚犯，冒充死士指控冯白起。

陈明举的手段其实并不高明，并且一切都在皇上的掌控之下。不管是轩辕尔桀还是陈明举，都已猜到这些死士为谁效忠。

冯白起料定死士不会开口，所以，在轩辕尔桀的故意放水之下，陈明举轻而易举地将自己人混入了死士之中，一口咬定，指使他们去长乐宫刺杀皇后的幕后凶手，就是大将军冯白起。

罪证确凿，冯白起有口难辩，轩辕尔桀立刻下令将冯白起抓捕归案。本以为冯白起落网会是一步好棋，万没想到，冯白起前脚被关进刑部，当天夜里就传来他中毒身亡的消息。

冯白起一死，线索再次中断。就算轩辕尔桀明知道冯白起的死必然与余简有关，因为拿不到证据，他也束手无策。杀余简容易，可一旦余简死了，藏在她身后的那张王牌将会销声匿迹。

轩辕尔桀万分笃定，冯白起只是被余简利用的一颗棋子，真正的主使者，正蛰伏在暗处笑看一切。所以，明知道余简罪该万死，在真相水落石出之前，他还得继续留着她的性命。

轩辕尔桀扼腕叹息的同时，余简的心情也很糟糕。本以为借冯白起之手可以除掉长乐宫的洛千凰，结果洛千凰非但没死，还搭上了冯白起一条性命。

没有冯白起在前朝周旋，她手中便少了一个得力的筹码，这让余简的处境非常被动。截至目前，余简根本摸不清皇上的心思。她坚定不移地认为，服药已久的皇上在药物的刺激下深信二人之间曾有婚约。

否则，皇上绝不会将洛千凰关入冷宫，也不会下旨选秀，扩充后宫。冯白起死后，皇上并没有对雪月宫发难，足以证明，皇上应该还没怀疑到她的头上。

负责与余简联络的宫女对此不抱乐观态度："若主子知道洛千凰未死，小姐恐怕会受到责难。"

余简的脸色极为难看，对宫女吼道："你以为我不希望洛千凰死？谁能想到，宫中藏着隐世高手，竟然能毫发无伤地将人劫出去。我早就警告过你，长乐宫神秘莫测，恐有高人潜伏，你当时是怎么说的？你说长乐宫有侍卫把守，严密到连一只苍蝇都飞不进去。若非你情报有误，岂会出现这样的纰漏？"

余简的斥责令宫女无言以对，隐藏在长乐宫的那个人，的确是始料未及的一个意外。

　　狠狠发了一顿脾气，余简渐渐平复心情："事已至此，咱们只能静观其变。听说劫走洛千凰的那个男人非常嚣张，不管此人与洛千凰究竟有无私情，既然他敢在众目睽睽之下将洛千凰掳走，一旦消息传扬出去，这后宫断不会再有洛千凰的生存之地。任何一个男子，都容忍不了自己的女人被另一个男人玷污，更何况这个男子，还是当今皇帝。"

　　话至此，余简露出一个得意的笑容："尽管等着看好戏吧，经此一事，无须咱们动手，皇上自己就会想办法将洛千凰置于死地。"

　　宫女点头："但愿如此！"

　　余简瞥向宫女："陆清颜的事情查得如何？"

　　宫女回道："已有着落。"

　　余简眉间一喜："说来听听。"

　　宫女走到余简身边，附耳低语几句。听完宫女的讲述，余简恍然大悟，嘴边勾出一记得意的笑容。

　　京城街头一如既往地热闹繁华。行走于人群中的洛千凰像做贼一样左躲右闪，生怕在街头看到熟人。

　　与她并肩而行的凤紫看到她这番模样，忍不住笑骂："你鬼鬼祟祟的样子，摆明了在告诉周围的人，咱们是朝廷正在抓捕的通缉犯。"

　　洛千凰以袖遮面，小声咕哝："咱俩本来就是朝廷的通缉犯。"

　　凤紫看不过去地拉下她的衣袖，一手捏住洛千凰的下巴，强迫她看着自己，问道："我这张脸，你认得吗？"

　　被迫看向凤紫的洛千凰上上下下地打量着她，眼前这张面孔，虽然英俊，却十分陌生，与记忆中那个和自己在长乐宫中相守数日的凤紫容貌相差十万八千里。

　　看着这张陌生的面孔，洛千凰老老实实地摇摇头："一时之间，的确适应不了。"

　　凤紫随手从路边的小贩摊上取过一枚铜镜，对着洛千凰的脸照过去："再看看你自己，这张脸，你认得吗？"

　　铜镜中，呈现出一张普通女子的五官。虽然眉毛是眉毛，眼睛是眼睛，但这张脸，与洛千凰本人相差甚远。

　　洛千凰再次摇头："也不认得。"

　　凤紫一把将铜镜丢回原处，苦口婆心地劝道："所以啊，连你都认不出自己的模样，别人又岂会对你心生疑虑？切记在外人面前表现得自然一些，一旦被人看出端倪，这两张人皮面具我可就白做了。"

没错，自从凤紫带着洛千凰逃出皇宫，为了掩人耳目，凤紫将事先准备好的人皮面具贡献出来。两张面具分别是一男一女，是凤紫当日潜伏在皇宫时，利用从御医院中偷来的材料制作而成。

不得不承认，凤紫有一双令人惊为天人的巧手，假面具贴合在脸上，不但瞬间改变了两人的容貌，其透气性、贴合性以及仿真效果，让人挑不出半点瑕疵。

唯一让洛千凰不满的就是，凤紫给她自己做了一张俊美至极的男子面具，洛千凰拿到的却是一张其貌不扬的女子面具。

两人一个男装，一个女装，一个颀长俊美，一个瘦小干巴，并肩走在一起时，明显就是富家公子和丑陋丫鬟的最佳组合。

面对洛千凰不满的抱怨，凤紫好脾气地调侃："这你就不懂了吧。"

她像调戏良家少女一样捏了捏洛千凰的脸颊："我这么做，自然有我这么做的用意。你想啊，既然咱们要离开京城寻你爹娘，未来一段时日势必要风餐露宿、抛头露面。如果把你的脸做得美美的，必会招蜂引蝶，惹上麻烦。只有容貌平凡的女子，才不会招来色狼的惦记。"

洛千凰懵懵懂懂地点点头，觉得凤紫这番解释并没有错。

寻思了好一会儿，她忍不住又问："既如此，你为何要给自己做一张俊美的面具，而且要扮成男人的模样？"

凤紫理所当然地说道："因为我本来就很俊啊。"

洛千凰气结："我也不丑好不好？你扮得男子，我同样可以扮得男子。"

凤紫上上下下打量着洛千凰瘦小的身高："不是所有的姑娘都可以穿上男装，扮成男人的。"

洛千凰自尊心大受打击，与凤紫相比，她的个子确实很矮。

凤紫笑着出言安慰："别纠结了，出了京城，你我便要以夫妻相称。夫妇同行，才不会引起旁人猜忌。假的路引还在制作之中，如无意外，两天之后，咱们便可离开京城，去任何一个你想去的地方。"

洛千凰小心翼翼地问："你真的愿意跟我一起走？"

凤紫蹙眉："你不希望我跟着？"

洛千凰急忙说道："我当然希望与你同行，就是担心你会嫌我笨，怕时间长了，会拖累你。"

凤紫难得露出认真的模样："既然上天安排你我相遇，我自会尊重天意，一路陪你走下去。"

洛千凰感动无比："凤紫，谢谢你。"

有凤紫这样一个强大的朋友陪伴在身边，洛千凰瞬间觉得安心不少。

就在两人一边采买生活必需品，一边商讨两日后的出行路线时，街头巷尾忽然拥出好多官兵。看到官兵，洛千凰本能地生出惧意。

凤紫在她耳边低声提醒："你我容貌已变，别自乱阵脚。"

尚未适应新身份的洛千凰不安地点点头，只见官兵们手中拿着大沓官文，在路人的围观下一张张往墙上粘贴。

直觉告诉洛千凰，京城忽然闹出这样的动静，十有八九与自己有关。

她紧紧揪住凤紫的衣襟，小声说："咱们还是避着些吧。"

凤紫看热闹不嫌事大，兴致勃勃道："避什么避？走，过去瞧瞧。"

在凤紫的拉扯下，洛千凰被迫挤入围观百姓的行列。待看清上面的文字，她不由得大吃一惊。她一眼便认出，这张官文出自轩辕尔桀之手，字数虽然不多，却颇有针对性。

只见官文写道：洛洛，两日后，望江楼老地方等你，若你拒不露面，月蓉、月眉二人将会为你的任性付出代价。

老百姓看得一头雾水，不明白洛洛、月蓉、月眉都是些什么人。只有洛千凰心里明白，轩辕尔桀派官兵在京城的大街小巷张贴官文，摆明了在拿月蓉、月眉的性命来威胁自己。

凤紫不屑地嗤笑一声："这般手段，未免低俗。"

洛千凰神色茫然："虽然低俗，却一击致命。"

凤紫皱眉："你不会是想去赴约吧？"

见洛千凰闭唇不语，凤紫将她拎到角落处低声警告："别犯傻，咱们好不容易逃出皇宫，一旦赴约，就等于前去赴死。"

洛千凰满脸纠结："月蓉、月眉受我所累，我不能丢下她们不管不顾。"

"小千，你要考虑清楚，这可是你唯一脱身的机会。一旦放弃，后果难料。"

沉默片刻，洛千凰忽然露齿一笑："我看未必！"

第一百二十一章

棋盘上两王对弈

千凰令
（十一）
凤谋无双
QIAN HUANG LING SHI YI
FENGMOU WUSHUANG
080

两天后，洛千凰如约来到望江楼。

望江楼的情况在她的意料之外，也在意料之中。意料之外是因为，偌大的望江楼人来客往，照常经营，并没有因为今日情况特殊而被官兵层层封锁。

转念一想，洛千凰很快便了悟其中深意。像轩辕尔桀这种喜欢算计人心的阴谋家，为了降低她的防备，当然不可能加派人手来虚张声势。

表面看来，望江楼周围的环境与往日无差。掌柜还是那个掌柜，伙计还是那些伙计，就连在此用膳的客人都神色如常，并无异状。

小伙计看到身穿便装的洛千凰跨进门槛，面带笑容地迎了过来："这位姑娘，请问几位？"

洛千凰并未因此放松警惕，想到满大街张贴的官文中提到的老地方，她对小伙计说道："三楼浮云阁，有约！"

小伙计不疾不徐地冲洛千凰做了一个请的手势："姑娘随我来。"

小伙计走到门口便停下脚步，客客气气地对洛千凰说道："客人已经等候多时，姑娘，里面请。"

看着两扇紧闭的房门，洛千凰的心情非常复杂，隐隐意识到，属于她的劫难近在咫尺，而她对此却无能为力。冲小伙计做了一个退下的手势，她鼓起勇气推开房门，闯入视线的，是负手而立的一道颀长背影。

屋内并没有闲杂之人，餐桌上摆满丰盛的美食，仔细一看，都是她平日喜欢的口味。

听到门声响动，男人转过身，与洛千凰四目相对。

"洛洛，你终于来了。"

脱去龙袍换上便装的轩辕尔桀，照比往日多了几分温和与儒雅。对他深有了解的洛千凰并未被他表面所显露的温柔所蒙骗。

轩辕尔桀这个人精于心计、城府极深，从来只有他算计别人的份，一旦被人触到霉头，他必会想尽办法扳回一筹。

从凤紫以极其嚣张的姿态带着她在众目睽睽之下逃出皇宫的那一刻，想必轩辕尔桀已经恨她入骨。

洛千凰不想在寒暄上浪费时间，开门见山地问道："月蓉和月眉现在何处？"

轩辕尔桀径自朝她走来，在洛千凰极其戒备的瞪视下，轻轻揽住她的肩膀，声音是前所未有的温柔："有什么话，坐下来慢慢说。"

洛千凰被他拉到椅边坐下，轩辕尔桀还亲自给她倒了一杯茶。

"口渴了吧，先喝杯茶，润润喉咙。"

洛千凰坐而不动，也没有伸手去接他倒的茶水。

见她对自己防备成这样，轩辕尔桀不禁失笑："洛洛，好歹我们是夫妻，难道我还会在茶中下毒害你？"

洛千凰不想在无意义的事情上跟他绕圈子，直截了当地说："你我心中都很清楚，接连发生这么多变故，咱们回不到从前了。"

轩辕尔桀反问："你指的变故是什么？"

洛千凰冷笑："事已至此，还要我一一说明吗？"

轩辕尔桀好脾气地说道："不管你相信与否，我对你的感情从未变过。我承认当初在怒极之下将你关入长乐宫是冲动之举，但我并不后悔当日的决定。看似囚禁，实为保护，只有这样，才会确保你性命无忧。"

洛千凰不怒反笑："这番说辞听起来可真华丽。"

轩辕尔桀微微皱眉："你不信我？"

洛千凰认真问道："我之前对你信任有加，换来的却是你的谎言与背叛。一连吃了那么多亏，你觉得我还会继续犯傻下去？"

轩辕尔桀忍不住争辩："我并没有背叛过你，余简……"

洛千凰抬手阻断他的解释："从我被关进长乐宫的那天起，你与任何一个女人之间的事情皆与我无关。"

轩辕尔桀得出结论："你吃醋了？"

洛千凰对他早已心冷，嗤笑着反问："吃醋？有必要吗？得之我幸，不得我命，这一向是我做人的准则。"

"我对你的爱意只增无减，可你却对我的心意弃如敝屣。洛千凰，真正薄情的那

千凰令
（十一）

风谋无双

QIAN HUANG LING SHI YI
FENGMOU WUSHUANG

082

个人，其实是你才对吧。"

　　见洛千凰意欲反驳，轩辕尔桀继续说道："你连解释的机会都不肯给我，可曾想过我的感受？那日你我因为避子汤的事情发生争吵，怒极之下，我的本意并非将你关入长乐宫，是下面的人会错圣意，闹出了乌龙事件。事后，为了面子我不得不将错就错，心里想着，等解决掉宫中的麻烦再解决你我的矛盾。至于余简，此人怀揣阴谋，动机不良。我让她以待定皇贵妃的身份参加选秀，一来是将她关进皇宫就近监视，二来想顺藤摸瓜，利用她揪出幕后黑手。还记得你藏放在抽屉中的那本杂记吗？你平日记录的那些生活琐事给我带来了很大的帮助。近几个月我每晚都在喝的那碗人参鸡汤，果然如你所料，很有问题。"

　　洛千凰神色微变。

　　轩辕尔桀趁机解释："灵儿说，参汤中被加入了一种特殊食材，名叫裸盖菇。"

　　洛千凰瞬间了悟："幻觉蘑菇？"

　　轩辕尔桀郑重点头："你自幼习医，应该知道裸盖菇服食太久会给身体带来多大伤害。这所有的谋划，必有余简的手笔。洛洛，如果你现在选择离开，等于中了敌人的离间计。你我本该夫妻同心，一旦帝后失和的消息传播出去，必会给暗处使坏之人制造良机。"

　　话说到这里，轩辕尔桀忽然提议："所以最好的应对方式便是你同我回宫，共同面对敌人的阴谋。"

　　洛千凰挑眉："回去？继续被你当成囚犯一样关起来吗？"

　　轩辕尔桀好言相劝："只要你乖乖回宫，过去的事情我可以既往不咎。"

　　洛千凰闻到了一丝阴谋的味道，从她进门开始直到现在，他只字未问凤紫的情况。以她对这个男人的了解，她那么大张旗鼓地当着他的面与别的"男人"双宿双飞，他必会大发雷霆，恨不能对她杀之而后快。

　　轩辕尔桀明显在使用迂回战术，动之以情，晓之以理，一旦将她骗进皇宫，她必会成为案板上待宰的猎物，任他处置发落，再无反抗的余地。

　　这个当，洛千凰绝不会上。

　　"你死了这条心吧，我是不会跟你回去的。"

　　伪装在轩辕尔桀脸上的温柔终于慢慢卸了下去，他冷声说道："你做的这个决定并不明智，只要我下令对你展开通缉，即便你身边有高人相助，在数百万军队面前也得束手就擒。洛洛，你非要让自己的处境变得如此不堪？"

洛千凰似笑非笑地问："终于装不下去了？"

既然彼此已经撕破脸，轩辕尔桀也懒得继续压制心中的怒火，他厉声诘问："那个男人究竟是谁？"

事后回想，轩辕尔桀觉得那个与母后样貌雷同的"男人"绝对不可能是母后伪装。许是他一时眼花，才错认了那人的身份。

之所以在洛千凰面前伏低做小，一来是想将她哄骗回宫，二来他要趁机摸清那神秘人的来历。深宫内院忽然冒出一名绝世高手，这对一个皇帝来说，是绝对无法容忍的存在。

洛千凰岂会出卖凤紫的来历，义正词严地说道："你没有必要知道她是谁。"

轩辕尔桀怒意更甚，霸道地揪住洛千凰的手腕："我的妻子，岂容他人惦记？"

洛千凰疼得眉头紧皱，用力欲甩，却甩不开他紧握的五指："不管你接不接受，和离是解决此事的唯一途径。"

"和离？"

轩辕尔桀不由得冷笑："自古以来，皇帝的女人，没有资格提出和离。"

洛千凰不甘示弱："我偏要打破这个惯例。"

轩辕尔桀目露怜悯："恐怕要让你失望了，这个惯例，你打不破。"

洛千凰奋力挣扎，却无法逃脱他的钳制："放开我。"

轩辕尔桀一字一句地说道："不放！"

他蛮横地将她拦腰抱起，边走边警告："望江楼周围布满暗卫，只要接应你的那个男人敢露头，一刻钟内，他必死无疑。"

洛千凰在他怀中胡乱扑腾："我不回去，我要去找我爹娘……"

轩辕尔桀将她牢牢固定在怀中："他们的下落，我自会派人彻查。"

洛千凰恨到极致："你连他们出事的消息都要隐瞒于我，凭什么让我继续信你。"

"我骗你，是因为我不想让你担心难过。"

"你骗了我一次又一次，我已经彻底对你失望了。"

轩辕尔桀按下胸口的腾腾怒火，抱着洛千凰步下楼梯，出了浮云阁，洛千凰才后知后觉地发现，客人、掌柜、伙计早已消失无踪。

偌大的望江楼围满无数官兵，周离率领护卫尽职尽责地守在门口。虽然早就料到是这样的结果，洛千凰还是为轩辕尔桀处处算计自己的行为感到愤慨。

挣扎过后，她只能与他怒目相视："你又骗了我一回。"

轩辕尔桀冷声辩驳："你也可以理解为我在用爱你的方式来保护你。外面危机四伏，人心难测，身为你的夫君，我不会让你出去冒险。给我回宫乖乖待着，再敢生出逃跑的念头，看我不打断你的腿。"

洛千凰气得脑子直发晕，抗争不过他的力道，只能像个泼妇一样对他又抓又咬，边挠边吼："明明是你有错在先，凭什么打我？"

以周离为首的一众侍卫眼睁睁看着他们眼中贵如神祇的主子被人欺负，众人面面相觑，心中生出同一个疑问，这到底是谁在打谁？

人人都以为皇后失宠，只有皇上身边的这些心腹心里清楚，皇后这哪里是失宠，明明就是被皇上给宠坏了。

脖子和手臂被挠花好几道的轩辕尔桀强忍怒意，低声警告："我虽舍不得让你去死，却要让你吃些皮肉之苦。宫规森严，即使你是皇后也逃不过律法惩治。更何况，你这个皇后还犯了大逆不道之罪，洛千凰，乖乖做好被教训的心理准备吧！"

洛千凰被惯得这样无法无天，轩辕尔桀绝对难辞其咎。他在心里暗暗发誓，此次回宫，必要让她吃些苦头，夫纲不振，难以立威，这顿教训必不可免。

带着满腹的怨怼和怒气，轩辕尔桀将奋力挣扎的洛千凰塞进事先安排好的马车里，随即对车夫吩咐："速速回宫。"

"好嘞！"

一道清冷低哑的声音传进轩辕尔桀的耳朵里，当他亲手关好马车的车门时才猛然发现，被他忽视的车夫身穿黑衣，头戴斗笠，从身形判断，与那晚将洛千凰带离皇宫的神秘人一般无二。

轩辕尔桀大吃一惊，此人究竟是什么时候混进来的？望江楼周围布满暗卫，一切都在他的掌控之中，就连车夫也是他事先安排好的暗卫之一，为何眨眼之间，部署好的事情竟会脱离掌控？就在轩辕尔桀失神之际，头戴斗笠的黑衣人已经驾着马车飞速离去。

轩辕尔桀立刻对侍卫们下令："快追，别让他们跑了。"

匆匆追出来的周离得到皇上的旨意，迅速带人前去围堵，轩辕尔桀也翻身上马，他倒是要看一看，这个胆敢从他眼皮子底下将洛千凰劫走的浑蛋到底是何方神圣。

马车以极快的速度绝尘而去，轩辕尔桀边追边对周离下令："采取围攻之策。"

周离会意，率领随从对马车展开四面围攻。前面的马车以飞一样的速度奋力逃

离，轩辕尔桀紧追不放，眼看着马车拐进巷口，试图从捷径逃离，熟悉京城路线的轩辕尔桀绕过小巷，率领人马去巷口劫击。

事实证明，黑衣人虽诡计多端，到底还是失算一步。当黑衣人赶着马车朝巷口驶来时，迎面看到轩辕尔桀率领数十名侍卫堵在巷口。

情急之下，黑衣人不得不拉下马缰，欲从原路返回，结果巷子的另一头也被成功围堵，黑衣人非常不幸地被双方人马夹击在狭窄的巷内。

轩辕尔桀骑着马，一步步逼近黑衣人，冷声问道："你究竟是谁？"

黑衣人头上的斗笠将她的容貌遮挡得严严实实，斗笠下她发出一道清朗的笑声，戏谑地说道："我啊，我是你妻子未来的男人。"

如此狂妄的态度，气得轩辕尔桀恨不能将此人剥皮抽筋，他抬手示意身后众人："动手，抓活的。"

得到指示的侍卫们"呼啦"一下拥进巷内，黑衣人见势不妙，飞身下马，扬起长鞭，在马屁股上狠狠抽了一记。

马儿吃痛，抬起前蹄胡乱狂奔，黑衣人则跳上车顶，跃向高墙，施展令人望尘莫及的轻功翩然离去。

轩辕尔桀万没想到黑衣人居然会弃车而逃，顾不得去追击此人，他最在乎的还是车里的洛千凰。

失控的马儿横冲直撞，一旦车体分离，当场翻车，洛千凰恐怕性命不保。危急之下，轩辕尔桀不顾自身安危跃上马背，在悲剧发生之前，及时将疯狂中的马匹安抚下来。

横冲直撞的车子总算停下来，轩辕尔桀飞快地打开车门，车门开启时，触目惊心的一幕闯入眼底，洛千凰被撞得满头是血，不知何时竟昏死了过去。

轩辕尔桀又惊又怕，万分后悔刚刚为什么不亲自带她赶回皇宫。

他拦腰将洛千凰抱上马背，护在怀里，顾不得追究凶手的责任，立刻回宫，召唤御医前来救治。

御医们匆匆赶到龙御宫时，被皇后头部的撞伤吓得大惊失色。看着鲜血顺着伤口处汩汩流出，御医们连忙对伤口处进行止血治疗。

轩辕尔桀急得在房间内来回踱步，不时地询问："伤势如何？"

御医们吓得不敢作答，但凡懂些医理的人都看得出来，头部伤得这样严重，离死亡应该只差一步。

千鳳令
（十一）

风谋无双

QIAN HUANG LING SHI YI
FENGMOU WUSHUANG

086

御医们越是这样战战兢兢，轩辕尔桀便越是气得想要杀人。

他厉声质问："回答朕，伤势如何？"

一位老御医斗胆回道："娘娘伤到头部，失血过多，臣等定会竭尽全力保住娘娘性命……"

轩辕尔桀心底一震，无法接受眼前的事实。

情急之下，他忽然对小福子吩咐："速速去七王府请皇叔进宫。"

小福子也被这突如其来的变故吓傻了，得了皇上的吩咐，立刻出宫去七王府请人。

约莫过了一炷香工夫，轩辕灵儿提着药箱三步并作两步地闯进龙御宫，还没进门便高声喊道："小千……"

看到来人，轩辕尔桀急切地问道："七皇叔呢？"

轩辕灵儿忙不迭地解释："我爹有事出城，归期不定。听说小千街头遇袭，究竟发生了什么事情？"

说话的工夫，轩辕灵儿已经来到床边。

当她看清满头是血的洛千凰像尸体一样躺在床上，吓得脸色一白："小千，怎么会这样？"

轩辕尔桀满脸焦急："救她！"

此事不必皇兄吩咐，轩辕灵儿自然不可能眼睁睁看着好友命丧黄泉。坐到床边，她一边检查洛千凰的伤口，一边探查她的脉象。

片刻后，轩辕灵儿神色微变，若有所思地看着床上昏睡不醒的洛千凰，眉头微微皱了起来。

轩辕尔桀察觉到轩辕灵儿神色不对，忍不住问："怎么了？"

轩辕灵儿恍惚回神，语无伦次地说："没，没什么。"

说完，她意识到这个结论不太明确，连忙又加了一句："伤到头部可大可小，就目前的伤情来看，性命应该是保得住，但何时清醒，还要看后续的治疗。皇兄，短时间内，不要轻易挪动小千的身体，我稍后会给她开一张保命的方子，只要按时服用，好好照顾，相信不久之后小千就会清醒。"

为了避免轩辕尔桀心生疑窦，轩辕灵儿再次强调："切记，不要挪动她的身体，我会定时进宫救治。"

轩辕尔桀压下悲伤，神色凝重地点点头："朕知道了。"

就在轩辕尔桀为伤到头部而陷入昏迷的"洛千凰"担忧自责时，坐落在京城西大街的同福客栈内，真正的洛千凰安然无恙地坐在客房的梳妆台前整理仪容。

有了前一次的经验，洛千凰驾轻就熟地将凤紫专门为她制作的人皮面具贴在脸上，看着铜镜内平凡无奇的崭新样貌，洛千凰感到万分满意。

凤紫的面孔透过铜镜闯进洛千凰的视线，她扭过身，迎向凤紫，不解地问："你为何用这种眼神来看我？是因为我丑吗？就算丑，那也是你的杰作，怨不得我……"

凤紫缓步走向洛千凰，上上下下打量了她片刻，忽然说道："你知道吗？一直以来，我对你的评价只有八个字，天真愚傻、呆呆笨笨。"

见洛千凰不满地嘟起嘴巴，意欲反驳，凤紫接着又说："没想到单纯如你，居然会在短短两天之内设下这样一个滔天陷阱。瞒天过海、李代桃僵这两大计策被你运用得如此巧妙，别说你那位皇帝夫君，换作是不明真相的我，恐怕也会被你糊弄过去。小千，原来你有如此聪明的时候。"

凤紫连贬带褒的一番话，气得洛千凰哭笑不得，她忍不住为自己鸣不平："我一直都很聪明好吗？"

凤紫颇为认同地点点头："是啊！之前的确是我眼拙了。我始终想不通，你那位皇帝夫君明明各方面都很厉害，为何在择妻的时候选了个笨蛋。经此一事我才发现，你并不笨，而是大智若愚。懂得取舍，懂得选择，懂得在逆境之中谋求生存。"

凤紫是真的被洛千凰情急之下谋划出来的"金蝉脱壳"之计惊呆了。

自从那日看到官文，凤紫非常担心圣母心泛滥的洛千凰为了营救她的婢女，甘愿放弃逃跑的机会重回皇宫任人宰割。

没想到洛千凰接下来的所作所为令人不得不对她刮目相看。说起来，这个计划算不上多高明。但就是这个不算高明的计划，完美地解决了所有的麻烦。原来洛千凰寻了一个与她身高、体形相似的姑娘做她的替身。

说起这个替身姑娘，她是轩辕灵儿的一个病人，因得了怪疾，时日无多，正好借来一用。

只要替身顶着洛千凰的脸，入宫之后便会得到最佳的救治。这样一来，洛千凰既为被父母抛弃的替身找到一处妥善的容身之所，又可以间接救下月蓉和月眉的性命。

至于她自己，也能以另一个人的身份金蝉脱壳，逃出生天。一举三得，此计细想起来真可谓妙不可言，难怪连聪明无比的凤紫都忍不住对洛千凰刮目相看。

感慨一阵，凤紫忽然说道："这个计划看似天衣无缝，真相被揭穿也是早晚的事。小千，你夫君极其精明，意外突发时或许会被替身的外表所蒙蔽，时间一久，他岂会认不出自己的妻子是真是假？"

洛千凰对此并不担心："怕什么，等他发现时，咱们已经离开京城，远走高飞了。"

她故意当着凤紫的面拍拍自己的脸，得意地说："就算他清醒过来张贴告示通缉我，谁又知道这张脸的主人就是洛千凰？"

"你准备戴着这张假脸活一辈子？"

"不可以吗？"

凤紫摇头："当然不行，人皮面具是有时效性的，超过一定时间便会慢慢腐化，而且你讲话的声音很有问题，熟悉你的人，会通过你的声音判断出你真正的身份。"

洛千凰对此并不担心："我精通医理，可以利用药物改变原来的声音。眼下我最大的心愿便是寻找爹娘的踪迹，至于未来会发生什么，便听天由命吧。"

仿佛看出她眼中的坚定，凤紫问道："真的下定决心了？"

洛千凰不悔地点头："对，明日一早，咱们便启程离京。"

洛千凰与凤紫在宫外筹谋离京之计。以待选秀女的身份被送去秀女坊加入竞争队伍的陆清颜，却遭遇了史无前例的灭顶之灾。

她被毁容了！所有的期待和向往，在她看到镜中的自己的时候瞬息烟消云散。陆清颜被毁容的消息传到轩辕尔桀耳中时，他并没有多余的精力去听细节。

"爱妻"撞到头部昏迷不醒，这让轩辕尔桀倍感心焦，只要有闲暇他就会回宫打探情况，别人的生死哪有资格列入他的关心范畴。

小福子不止一次来到御前汇报，转达陆清颜想要面圣的请求，皆被轩辕尔桀以心情不好、懒得理会为由打发了过去。

与陆清颜容貌被毁相比，"洛千凰"的伤势才是最重要的。换作从前，他或许还有耐心与那些连看都懒得看一眼的女人周旋一二，忽然发生这种变故，他恨不能所有打扰他婚姻生活的搅局者全部去死。

没想到陆清颜并不死心，接二连三被拒绝数次，她终于使出了撒手锏，让小福子代为传话，她愿意以绝密情报作为交换，求皇上见她一面。经过一番短暂的犹豫，轩辕尔桀命小福子去唤陆清颜。

当陆清颜揭开面纱，露出真容时，毫无心理准备的轩辕尔桀被眼前这张堪比女鬼的面孔吓了一跳。

记忆中的陆清颜容貌秀美，堪称绝色，绝对是待选秀女中最出色的那一位。没想到数日不见，曾经那张令天下男人为之倾慕的绝美面孔，在锋利匕首的肆虐下变得惨不忍睹。

左右双颊被划得血肉模糊，就算日后伤口复原，也会留下狰狞的疤痕，彻底失去了选秀的资格。

轩辕尔桀微微皱眉："你怎么会伤得如此严重？"

陆清颜早已失去往日的沉稳，扑跪在地，痛哭失声："曹家欲置我于死地，求皇上开恩，救我一命。"

"曹家？"

轩辕尔桀不解地问："此事与曹家有何关系？"

陆清颜哆哆嗦嗦掏出一块令牌，双手奉上。

轩辕尔桀接过令牌定睛一看，纯黑色的令牌，上面刻着三个字——"诛杀令"。

陆清颜失声哭诉："我与曹家打过交道，这块诛杀令，是曹氏一族追杀我的证物之一。"

轩辕尔桀上上下下翻看着令牌，又将视线落在陆清颜脸上："你希望朕如何救你？"

陆清颜向前跪爬几步，紧紧揪住他的袍摆："曹家如此嚣张狂妄，皇上应该下令清剿余孽，永除后患。"

轩辕尔桀嗤笑一声："你想借朕之手，为你扫清障碍？"

陆清颜据理力争地说："那些死士当日为了追杀我，在寺庙伤及了多少无辜性命。皇上贵为一国之君，难道眼睁睁看着良民百姓无辜惨死？"

轩辕尔桀抬腿踹开她，厉声提醒："若非你故意闯进寺院，那些百姓也不会惨死。曹家死士固然可恨，你这个罪魁祸首也难辞其咎。"

陆清颜被踹了一个趔趄，姿态狼狈地趴伏在地。

轩辕尔桀看她的目光就像在看一只蝼蚁："朕还肯留你一口气，是因为你还有利用价值。想借朕之手屠灭曹家，你以为你有这个资格？"

陆清颜哭着问："莫非皇上眼睁睁看着我去送死？好歹我提供的那些情报，曾给朝廷带来过不小的帮助……"

轩辕尔桀打断她的话："你提供的那些情报，于朕来说不值一提。"

他缓步走向陆清颜，垂头看着她狼狈的模样："最值钱的筹码始终被你藏在心

千凰令
（十一）

凤谋无双

QIAN HUANG LING SHI YI
FENGMOU WUSHUANG

090

中，你不想说，朕不逼你。至于你是生是死，全凭上天安排。"

"不要！"

陆清颜惊慌摇头："我不想死，不想死。"

轩辕尔桀漫不经心地说："不想死，便拿出诚意与朕交换。只要你交出的筹码让朕满意，朕会准你离京，去任何一个你想去的地方。"

离开京城，远走高飞，对陆清颜来说的确是目前最好的选择。

她慢慢止住哀泣的哭声，小心翼翼地问："皇上真的肯放我走？"

轩辕尔桀再次强调："筹码够重，朕绝不食言。"

权衡再三，陆清颜终于妥协，她沉声说："有一件事，我确实对皇上有所隐瞒……"

轩辕尔桀心绪难平，久久不语，直到陆清颜离开御书房，耳边仍回荡着她所说的字字句句。

这一个个的，可真是好算计啊！轩辕尔桀沉浸在陆清颜提供的秘密情报中难以回神，贺连城忽然进宫，递出半枚染血的铜钱。

定睛观瞧，铜钱上刻着"昭然"二字。昭然，楚昭然！这是萧倾尘曾用过的化名。

当日离开北漠之前，已经登基为帝的萧倾尘与轩辕尔桀把酒夜谈。两人在命运的捉弄下喜欢上同一个女子，虽是情敌对手，却也欣赏彼此的品性。

对洛千凰放手的那一刻，萧倾尘真心祝福二人婚姻美满、白头偕老。他以北漠君王的身份向轩辕尔桀郑重承诺，有生之年，绝不会让黑阙与北漠再起争端。他讨厌流血、痛恨战争，唯愿天下太平、永世安康。

离别前的那个晚上，萧倾尘敞开心扉，诉说幼时经历过的种种坎坷。因为他身体里流淌着黑阙一半的血液，曾经遭受了无数冷遇和白眼。

好不容易从逆境中爬上高位，他非常珍惜现在所拥有的一切，不想效仿父辈和祖辈大肆屠杀、强抢国土。

同时，萧倾尘心中也有隐忧。因为他初登皇位，地位不稳，将来必会面临内忧与外患。

若有朝一日他身处险境，希望轩辕尔桀看在彼此的情分上对他出手相帮一二。

那晚，萧倾尘送了轩辕尔桀半枚铜钱，以此作为联络信物，当两枚铜钱合为一体，便意味着，萧倾尘可能已经出事了。

仅一眼，轩辕尔桀便认出铜钱的来历，迅速从抽屉中翻出另外半枚铜钱，两相一合，天衣无缝。

他急切地问贺连城："这半枚铜钱从何而来？"

贺连城回道："自从太上皇和太后双双失踪，臣一直派下属暗中打探相关动向。探查过程中，臣的下属带回一个受重伤的北漠斥候，此人声称是北漠皇帝身边的暗卫。臣见到他时，他因失血过多，只剩下一口气。临死前，拜托臣定要亲手将这半枚铜钱交给皇上。他主子只留给他一句话，皇上看到这半枚铜钱，便会明了其中的一切。"

讲完来龙去脉，贺连城不解地问："皇上，这半枚铜钱，究竟有何意义？"

轩辕尔桀神色凝重地说："北漠可能出事了。"

贺连城脸色大变："莫非战事再起？"

"连城，你不觉得奇怪吗？岳父岳母遭遇不测，父皇母后离奇失踪，就连北漠那边也出现异动。朕怀疑，所有的事情，都是同一方势力所策划。朕要秘密出使北漠，亲自去那边一探究竟。"

贺连城出言阻止："万万不可。皇上贵为国君，绝不能弃朝廷于不顾，前往北漠以身涉险。"

轩辕尔桀抬手制止："朕已经决定了。"

贺连城有些气急，不惜以下犯上出言劝诫："黑阙不可一日无主，你是一国之君，岂能说走就走？更何况北漠现在局势未明，皇后又身负重伤生死未卜。这种情况下，皇上绝不能离开京城。只有静观其变，才是万全之策。"

想到洛洛昏迷数日不见清醒，轩辕尔桀的心情不自觉地又沉重了一分。

"连城，陆清颜招了！"

"什么？"

贺连城一时没反应过来，不明白皇上为什么将话题转向陆清颜。轩辕尔桀附耳对贺连城低语几句，听完之后，贺连城面色大变，他正要说话，被轩辕尔桀抬手制止。

"连城，你进宫之前，朕已经意识到事情不妙。不管是为了父皇母后还是岳父岳母，朕必须亲自去一趟北漠。长辈的安危、两国的太平，皆扛在朕一人的肩上。至于洛洛，朕会将她交给灵儿照顾。明日一早便会启程，此去不知归期几何，朝廷政务由你代为监管，连城，你多费心。"

贺连城又气又急："陆清颜狡诈多端，她的话未必可信。"

千凰令
（十一）
凤谋无双
QIAN HUANG LING SHI YI
FENGMOU WUSHUANG.
092

轩辕尔桀语气笃定："她容貌尽毁，处境堪忧，留在宫中随时都有丧命之危。将死之人为了苟延残喘，必会在慌不择路的情况下掏出所有本钱予以续命。所以她说的，朕信。"

贺连城对陆清颜被段容的事情也知晓一二，不解地问："曹家死士真的已经混入宫中？"

轩辕尔桀冷笑一声："与曹家无关，一切都是余简所为。陆清颜的存在碍了余简的眼，若朕没猜错，她应该查清了陆清颜的底细，假借曹家之名欲将陆清颜除掉。这步棋看似走得精彩，却忽略了最关键的一步。曹北辰死于陆清颜之手，一旦曹家死士捕获到陆清颜的消息，必会除之后快，不留活口，怎会错过报仇的机会，仅仅毁了陆清颜的脸？这种不入流的手段，只有嫉妒成性的女人才做得出来。"

贺连城缓了好一会儿，才慢慢消化这些消息，忽而又问："那余简……"

轩辕尔桀明白他话中的意思："这个节骨眼，余简不能出事。她一死，必会打草惊蛇，引人怀疑。一切等朕从北漠回来之后再说。另外……"

轩辕尔桀转移话锋："那个试图劫走洛洛的神秘人暂时下落不明，你记得留意此人，伺机抓捕。一旦此人落网，留活口，朕回京之后会亲自审问。"

贺连城见他去意已决，只能点头应下这份差事。思忖片刻，他忽然问："皇上真的决定放了陆清颜？"

轩辕尔桀拍拍他的肩："她出京这一程，由你亲自相送。"

贺连城露出一个心照不宣的笑容，拱手说道："臣必不负皇上所托！"

龙御宫内，"洛千凰"仍旧昏迷不醒。

有了灵儿的再三叮嘱，轩辕尔桀不敢随便触碰她的身体，生怕一个不小心会害得她伤势加重。坐在床边，隔空描画着她的容颜。半响，他才意识到自己的行为有多幼稚。

"洛洛……"

明知道她失去意识，听不到自己的声音，轩辕尔桀仍旧固执地向她倾诉自己的心情："萧倾尘出事了，此事涉及两国安危，朕身为皇帝，不能对此坐视不管。明日天亮，朕便要启程离京，朕不在宫里的这段时间，你安心养伤。有灵儿在你身边时刻照顾，相信朕归来之日你已痊愈。"

回应他的，是满室静谧。

轩辕尔桀有些懊恼："就算你不说，朕也有办法查清他的来历。"

俯下身，他将唇瓣凑近"洛千凰"的耳边，低声说："待他落入朕的手中，朕必会当着你的面将他凌迟处死，碎尸万段。"

"洛千凰"闭眸不语，无动于衷。

轩辕尔桀神色挫败，抬手欲碰她惨白的面颊，想了想，又及时收手："安心睡吧，朕期待你早日醒来。"

离开前，他动作小心地帮她掖了掖被角。确认她脸色如常、呼吸均匀，这才熄灭烛灯，推门离去。

小福子恭恭敬敬地候在门外，见皇上推门出来，忙上前说道："该准备的已经准备妥当，周离、苏湛二人随时待命。另外，待选的诸位小姐已经在秀女坊等候多时，皇上现在过去吗？"

轩辕尔桀点头："走吧！"

秀女坊内，以余简为首的一群姑娘满脸期待地等着皇上大驾光临。自众人入宫以来，皇上鲜少会踏足秀女坊，仅有的两次，无不给众人留下惨痛的印象。

在小福子公公及一众护卫的簇拥之下，皇上总算大驾光临。再次看到记忆中丰神俊朗的年轻皇帝，姑娘们耳红心跳，暗暗祈求皇上多看自己几眼，哪怕日后坐不上高位，只要常伴君侧，众人亦是甘之如饴。

看到秀女坊的姑娘们一个个眉飞色舞，目露春光，小福子忍不住在心中嗤笑。这些姑娘的记性真是令人不敢恭维，不久前才因为毁了太后娘娘的画作而惨遭杖刑，这才过了几天，便恨不能对皇上投怀送抱。

轩辕尔桀无视众人灼热的目光，一番行礼问安之后，他当众宣布："朕今日来，有一要事宣布。"

姑娘们齐齐看向皇帝，不知皇上要宣布什么要事。夹在众人之中的余简也向皇上投去询问的目光。

轩辕尔桀并不打算在这个地方浪费时间，简洁地说道："皇后遇袭，生死未卜。探了进宫向朕汇报，远游在外的父皇母后也在近日遇到突袭，现如今，下落不明。近日频繁有变故发生，朕身为一国之君，不能对此坐视不管。经苦无大师一番提点，朕决定去香火极旺的南安寺为父皇母后祷告祈福。此次一行，归期不定。选妃吉日，暂时推后，待朕回京之后再做商议。"

待选秀女们听到选妃之日暂时推后，无不露出失望之色。偏偏她们无从反驳，若太上皇夫妇遭遇不测，作为儿子，皇上绝不可能在这个节骨眼上继续选妃。

余简急切地说："臣女斗胆请求皇上，与您一同去南安寺为太上皇和太后祈福。"

众秀女纷纷向余简投去鄙夷的目光，这个余简，时时刻刻都不忘引起皇上的注意，脸皮可真够厚的。

轩辕尔桀并不理会旁人的想法，笑着对余简说道："朕也很想带你前行，但你尚无名分，于礼不合，所以暂时没资格随朕一同踏入南安寺。"

余简又羞又窘，神色狼狈。秀女们听了这番话，无不在心中耻笑余简。耻笑的同时，又对余简心生嫉妒。

皇上看她的眼神温柔得溺人，就连帮她插簪的动作都是那般小心翼翼。她们不懂，余简究竟何德何能，被年轻俊美的皇上这样特殊对待。秀女们越是妒意横生，余简的处境便越是危险。

她下意识地揪住轩辕尔桀的衣袖，哀求道："皇上，您在南安寺内祈福时，我可以守在寺外日夜等候。"

一来，她不想与这些争宠的秀女继续共处；二来，她不能让皇上脱离她的视线。

轩辕尔桀岂会看不出余简的心思，强行压下心中的厌恶，他当众说道："朕欣赏两种女人，第一种，知情识趣的；第二种，足够强大的。余简，不要辜负朕对你的厚望，朕相信，早晚有一日，你会成为朕身边独一无二的那个存在。"

最后这句话，才是轩辕尔桀此次来秀女坊真正想要表达的意思。只有给余简树下敌人，才会让她未来的日子举步维艰。

余简，从你不计代价地卷入宫廷纷争那刻起，身首异处，已是你此生唯一的结局。带着满腹算计，轩辕尔桀扬长而去。

同一时间，京城西郊某处，一辆马车驶离城门。行至人烟稀少处，马车渐渐停了下来。

车内，头戴面纱的陆清颜掀开车帘，不解地问道："车夫，为何不走？"

前面的车夫慢慢转身，月光下，陆清颜看清此人的长相，她下意识地惊叫道："贺连城，怎么是你？"

扮成车夫的男子正是贺连城，在陆清颜猝不及防之际，他抽出长剑，动作利落地刺入她的胸膛。陆清颜反应过来时，胸口已经被狠狠刺穿。

惊愕片刻，她掉落车下，心有不甘地看向贺连城，气若游丝地问："为什么？"

贺连城居高临下地凝视着胸口处血流不止的陆清颜，无情地说道："杀子之仇，不共戴天。"

不给陆清颜反驳的机会，贺连城用力抽出她胸口的长剑，血花飞溅，喷了他一脸。

他无动于衷地说："陆清颜，吉时已到，安心上路！"

在贺连城冰冷的注视下，陆清颜无声地闭上双眼，慢慢停止了呼吸。

贺连城在心中说道：灵儿，为夫终于替咱们未出世的孩子报仇了！

第一百二十二章

旅程中再度巧遇

千凰令
（十一）
凤谋无双
QIAN HUANG LING SHI YI
FENGMOU WUSHUANG

098

踌躇满志地准备与凤紫偷离出京的洛千凰，在一切准备就绪之后，遇到了一个天大的难题——钱袋见底，没银子上路了。

那晚遇刺事发紧急，为了逃命，她们离开皇宫时分文未带。迫不得已，洛千凰只能将贴身佩戴的首饰拿去当铺典当，样式简朴的珍珠耳坠、玉质通透的翠玉手镯，还有颈间佩戴的红宝石项链……

耳坠和手镯倒是好卖，款式简单，随处可见，并不会引起典当行的注意。价值不菲的红宝石项链反倒成了一块烫手山芋，因为耀眼华丽的红宝石是来自他国进贡，只有皇室之人才有资格佩戴。

眼看用耳坠和玉镯当来的银子越花越少，囊中羞涩的情况下，洛千凰决定铤而走险，离京之前，将这条项链处理出去。

"不行！"

这个大胆的提议，被同行的凤紫出言制止。

此时，易了容的凤紫和洛千凰在典当行门口争执起来，凤紫强行将洛千凰欲拿出来当掉的红宝石项链推了回去，低声说道："一旦你我的新身份暴露，再想离京，恐怕难如登天。小千，别为了一条项链破坏咱们的计划。"

洛千凰满脸纠结："可事到如今，还有其他选择吗？如今这世道，没有盘缠傍身根本活不下去。之前当来的钱财全部用来住店和购买稀有药品，剩下的银子，支撑不了我们途中所用。"

凤紫眼珠一转，忽然提议："要不这样，你暂时躲起来等我片刻，我进宫一趟，偷些银子出来为路上所用。"

洛千凰一把揪住凤紫的衣袖："你疯了吧？咱们好不容易才逃出皇宫，你居然还想回去送死？"

"死？"

凤紫自负一笑："放心吧，宫中那些无用的侍卫拦不住我。"

"那也不行！"

洛千凰觉得凤紫的想法太疯狂了，死死抱住她的手臂："我不能让你回去冒险。"

凤紫真切地感受到洛千凰心中的担忧，轻轻拍拍她的肩膀，安抚地说道："好好好，我不进宫，不进宫还不行吗？你先放开我，大庭广众之下，你这样抱着我，会引来旁人非议的。"

经凤紫一番提醒，洛千凰才恍然回神，她与凤紫已经双双易容。

洛千凰忙不迭地松开手，见周围的行人并没有注意到这边的动向，她才低声重申："不能回宫，至于银子，咱们可以另想办法。"

凤紫揉着下巴陷入思考，戴在拇指上的玉扳指及时引起她的注意。

她摊开手，来回瞧着拇指上佩戴的血玉扳指，忽然灵机一动："这块血玉看着不错，你的红宝石不能典当，干脆将我的扳指拿去当掉。"

洛千凰再次出言制止："不可以！"

凤紫颇为无语："我的扳指又不是皇家御用之物，你怕什么？"

洛千凰态度决绝地打消她典当扳指的念头："这枚扳指是你身上唯一的信物，可能与你的身世来历息息相关。万一哪天你恢复记忆，想起这枚扳指是你喜欢的公子送给你的定情信物，或是你父母留给你的家传之宝，就这么被随随便便卖掉，岂不是后悔莫及。"

凤紫哭笑不得："我自己都不心疼，你倒是心疼什么劲儿。"

不过，洛千凰那一副小管家婆的娇憨模样，让凤紫觉得十分有趣。

为了安抚她的暴躁，她妥协道："好啦好啦，你别着急，我答应你不卖便是。"

正说着，凤紫敏锐地察觉到一双眼睛正朝这边张望。凤紫的记忆力非常惊人，仅一眼，便立刻认出那人的身份。

洛千凰看出凤紫的眼神出现异样，顺着她的视线望过去，毫无征兆地看到了一张熟悉的面孔。

这一刻，洛千凰忘了自己已经易容，出于本能，她下意识地唤出那人的名字："灵儿？"

凤紫一把捂住她的嘴，低声提醒："你忘了自己现在的身份？"

洛千凰开口之时便已后悔，她也没想到自己会这么笨，还未出京，便暴露了身

100

千凰令
（十一）

凤谋无双
QIAN HUANG LING SHI YI
FENGMOU WUSHUANG

份。

站在不远处的轩辕灵儿快步朝这边走过来，凤紫见状不妙，拉着洛千凰转身欲走。

轩辕灵儿的声音从后面传来："我知道是你！"

大庭广众之下，轩辕灵儿似乎在隐忍着什么，并没有唤出洛千凰的名字。

为了让凤紫和洛千凰停下脚步，轩辕灵儿急切地说道："那个顶替之人并未引起旁人注意，你放心，任何时候我都不会出卖你。"

既然身份已经暴露，洛千凰知道再躲下去，只会寒了灵儿的心。

她拉住凤紫，哀求道："我相信灵儿。"

凤紫见状颇为无奈，只得停下脚步，简短交代："此地是非太多，不宜久留，你想与故人叙旧，还需尽快。"

洛千凰忙不迭地点头："我去去就来。"

说着，她三步并作两步朝轩辕灵儿奔过去。虽然好友顶着一张陌生的面孔走向自己，轩辕灵儿的心情还是不可抑制地变得激动起来。

她以极低的声音唤出洛千凰的名字："小千！"

洛千凰冲轩辕灵儿做了一个噤声的手势，见并没有人注意到这边，她不解地问："你是怎么认出我的？"

轩辕灵儿指了指洛千凰手中拿着的红宝石项链："我记得这条项链，是皇兄送给你的礼物。皇兄送礼时我就在现场，亲眼见识过这条项链有多华美。最初我还纳闷，你的贴身之物，为何会在别人手里？直到刚刚我才恍然大悟，既然宫里住着一个顶替之人，那么真正的你，必会以另一种方式将自己掩藏起来。"

洛千凰心惊地问道："你什么时候看出宫里的那位是假的？"

轩辕灵儿苦笑："小千，你以为我的医术是白学的？人皮面具可以仿制，身体状况却不能造假。我只是没想到，当日被我随手救下的那个姑娘，如今会顶替你的身份住进龙御宫。"

见洛千凰眼含戒备，轩辕灵儿安抚道："你别担忧，直至目前，除了我，并没有其他人发现真相。"

说着，她小心翼翼地瞟向凤紫，不解地问："那位公子，他……他是谁？"

这个问题，洛千凰不知该如何回答。

她既不想欺骗灵儿，又不想暴露凤紫的身份。

就在她犹豫之时，凤紫顶着俊美无俦的面孔笑眯眯地走过来，自我介绍道："在下凤紫，是你皇嫂未来的男人。"

如此嚣张又狂妄的语气，将轩辕灵儿和洛千凰惊得无言以对。洛千凰有心想要辩解几句，想到自己与轩辕尔桀之间再也不可能回到过去，倒不如让灵儿误会到底。

她干笑一声，轻轻挽住凤紫的手臂："灵儿，我要跟她离开了。"

轩辕灵儿无法接受这个打击："可是皇兄他……"

有心想要劝解几句，思及皇兄过去对小千的所作所为，就算那人是自己的兄长，灵儿也不免对其心生怨愤。

她真心说道："小千，你我相识一场，只要你过得开心快乐，无论你选择嫁给谁，我都会举双手赞成。"

轩辕灵儿这番话，不禁让凤紫刮目相看。还以为这个叫灵儿的小丫头会哭闹不休、出言反对，没想到为了朋友义气，她的胸襟竟如此坦荡。洛千凰这个小笨蛋，平时不见多机灵，交朋识友方面，倒是令人叹服。

"这位妹妹……"

凤紫对轩辕灵儿心生好感，眼中的笑意也真诚了几分："既然你这么讲义气，不如好人做到底，给我们提供一些盘缠上路如何？"

"啊？"

轩辕灵儿一时之间没反应过来。

洛千凰尴尬地扯了扯凤紫的衣袖："你怎么能跟灵儿提这种无礼要求？"

凤紫理所当然地说道："好朋友不就是要互相帮助吗？"

轩辕灵儿后知后觉地问道："小千，莫非你身上没有银子？"

洛千凰笑得十分狼狈，好歹她曾经也是一国皇后，居然穷到要靠典当首饰度日。

"离宫时有些仓促，没来得及带上黄白之物。"

轩辕灵儿瞬间想起，几日前的深夜，宫中发生过一场变故，人人都在传冷宫中的皇后被一个胆大妄为的男子当众拐走，如今看来，传言并非子虚乌有。唯一让她没想到的就是，这个拐走小千的俊美男子，居然是一个连银子都拿不出来的穷光蛋。

仿佛看出她心中所想，凤紫尴尬地清清喉咙，为自己解释："小妹妹，须知龙游浅水遭虾戏，虎落平阳被犬欺。人嘛，总有遇到困难的时候……"

换作从前，洛千凰绝不会厚着脸皮向灵儿求助，眼下情况紧急，她没办法再维持以往的自尊，无奈地说道："我爹我娘折返封地途中遇到劫难，直到现在都生死不

千凰令

（十一）

风谋无双

QIAN HUANG LING SHI YI
FENGMOU WUSHUANG

102

知。此次离京，我要赶往封地去寻找爹娘下落。"

轩辕灵儿大吃一惊："逍遥叔叔出事了？"

洛千凰伤心点头："不然我也不会这么急着离开京城。"

"皇兄知道吗？"

"知道，但他故意隐瞒于我，还假造平安信骗我说爹娘已经平安抵达。"

轩辕灵儿气极："发生这种事，皇兄怎么能说谎骗人？"

难怪小千冒天下之大不韪也要离开皇宫，换作自己，得知爹娘身陷不测，恐怕也要弃礼教于不顾，不计代价地去寻找爹娘下落。

思及此，轩辕灵儿忙不迭地掏出身上所有的银票和碎银，想了想，又取下身上佩戴的昂贵首饰递到洛千凰面前。

"今日出门有些匆忙，只带了几百两银票。小千，如果不够，我这就回府去取……"

凤紫毫不客气地从轩辕灵儿手中接过银票，笑着说："这些银票足够我与小千在路上使用，至于首饰，大可不必。皇家之物虽然贵重，但流入民间会给平民百姓招惹是非。小千，时间不等人，咱们走吧。"

虽然舍不得与灵儿分开，洛千凰还是狠下心对灵儿说道："今日一别，不知日后还有没有再见之时。灵儿，你保重，我先走一步。"

轩辕灵儿难过得流出眼泪，她紧紧揪住洛千凰的衣袖："小千，我等你回来，你一定要回来。"

洛千凰没有点头也没有摇头，她将紧紧捏在掌心的红宝石项链递了过去："此物与我没有缘分，日后有机会，代我将其归还原主，告诉他，我从不后悔与他相遇，只是上天弄人，我与他的缘分就像这条红宝石项链，得到不代表拥有，拥有却不能长久。从此桥归桥、路归路，一别两宽，各生欢喜，此生相别，后会无期。"

不待轩辕灵儿做出反应，洛千凰已经拉着凤紫匆匆离去。被强塞了一条红宝石项链的轩辕灵儿握着项链在街头哭泣，兀自悲伤了好一会儿，轩辕灵儿才想起一件非常重要的事情，皇兄也是今晨动身，一大清早便离开了京城。

糟糕，不知皇兄与小千是否走同一条路线，万一两人在路上相遇，那，那可如何是好？

有了轩辕灵儿的银子资助，洛千凰与凤紫正式开启了寻亲之行。为了赶路方便，

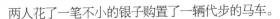

两人花了一笔不小的银子购置了一辆代步的马车。

此次离开，不知归期几何。既然今世无缘相守，唯愿彼此天各一方，另寻佳偶，重新开启新的人生。

正在赶车的凤紫回头瞥向洛千凰，忍不住调侃："舍不得了？你我现在刚刚出城，此时折返回去还来得及。"

洛千凰忙不迭地收回不舍的目光，口是心非地辩驳："我恨不能现在就插上翅膀，飞离此地，这辈子再不会踏进京城半步。"

凤紫粲然一笑："希望有朝一日你不会后悔。"

洛千凰嘴硬地说道："绝不后悔。"

她把车帘放下时，与京城有关的一切被抛之脑后。

载着黑阙皇后的马车渐行渐远，直到在城门口处消失无踪。长达整整一日的奔波，人和马都感觉到了深深的疲惫。

眼看天色已近黄昏，凤紫不想走夜路，天黑之前，终于在郊外一个叫七里坡的地方寻到一家小小的客栈。

凤紫加快速度驾着马车朝客栈驶去，还不忘对车内的洛千凰说道："前面有一家陶居客栈，咱们在这里暂住一晚，吃饱喝足，明日天亮继续赶路。"

车内传来洛千凰一声娇气的回应："再不下车，我的屁股就坐出茧子了。"

凤紫忍着笑意驾着马车来到客栈门口，正欲下车，身后忽然窜出几个身穿劲装、骑着高马的黑衣男子，毫不客气地超越了凤紫，抢先一步抵达客栈。

其中一个黑衣男子冲凤紫做了一个止步的手势："这间客栈我们包了，请另寻他处，速速离开。"

凤紫被黑衣男嚣张的态度气笑了："这位大哥，凡事都有先来后到，明明是我先抵达的客栈，凭什么你让我走我就得走？"

说话的工夫，凤紫无畏地瞟向众人，粗略一数，有七八个人。这些人身上穿着统一的服饰，只有为首的男子穿着打扮略有不同。

因为距离过远，只看到那人穿着暗色绣金的黑色锦袍，头上束着一支玉簪，虽简洁随意，却不失俊雅。

当她试图走近想看清那人的长相时，与她对峙的黑衣男子往前一站，直接用身体遮挡住她打量的视线。

黑衣男动作纯熟地摸出一锭银子，像打发乞丐一样丢向凤紫："我家主子向来喜

千凰令
（十一）
凤谋无双

QIAN HUANG LING SHI YI
FENGMOU WUSHUANG

104

静，不习惯被陌生人打扰。这位兄台，请通融一二，拿着银子另觅他处。"

凤紫眼疾手快地接过银子，掂了掂重量，露出一个挑衅的笑容："若我不肯走呢？"

黑衣人面色一沉，冷声警告："不要敬酒不吃吃罚酒。"

虽然凤紫对自己的过去没有记忆，脑海中仿佛有一个声音在提醒她，从来只有她欺负别人，哪个不长眼的敢在她头上撒野，无疑是以卵击石、自寻死路。

嘴边勾出一抹冷笑，在黑衣人猝不及防之际，凤紫将他丢过来的银子又丢了回去："我倒要亲口尝一尝，这罚酒是什么味道。"

看着银子被丢回来，黑衣男子出于本能伸手去接。没想到这一接，却接出了麻烦。看似不经意的一丢，却被凤紫注入内力，黑衣男子毫无防备，银子到手时，被砸得手掌一阵剧痛，在惯性的作用之下，直挺挺地摔落马车。

突如其来的意外，引起现场一片混乱。

洛千凰察觉到车外有异，掀开车帘探头问道："怎么啦？"

凤紫霸气地说："小千，坐回去，外面的事情你不要管。"

"小千"这个名字被唤出口时，为首的黑衣人直直向这边投来注视的目光。与此同时，探出马车的洛千凰也在这一刻看清来人的长相。她做梦也没想到，好不容易逃出京城，居然会在荒郊野岭与故人相遇。

那个身穿黑衣，眼神锐利的年轻男子，不是轩辕尔桀还会是谁？他怎么追来了？莫非已经猜到她逃出京城，所以亲自带人前来抓捕？一时没反应过来的洛千凰在看清轩辕尔桀的样貌时，心脏狂跳，眼前一阵阵发黑。

她以迅雷不及掩耳的速度拉上车帘，颤着声音对凤紫说道："赶紧走！"

凤紫感觉到事情不对，顺着洛千凰刚刚注视过的方向看过去。待看清那人的长相，凤紫也不由得愣了一下，这难道就是传说中的冤家路窄，狭路相逢？

轩辕尔桀驾着马慢慢朝这边走过来，沉声问："发生了何事？"

被一锭银子砸下马的可怜侍卫正是轩辕尔桀的另一个心腹——苏湛。

他强忍着手掌处传来的阵阵剧痛，神情狼狈地站起身，如实交代："属下不想他人打扰主子清静，欲包下客栈，用银子打发闲杂人等离开。此人非但不肯配合，还挑衅属下，用银子砸人……"

话未说完，便被凤紫出言打断："这位大哥，拜托你搞清楚一件事，用银子砸人的是你而不是我。你无礼在先，我回敬在后，就算告到皇帝面前，你的所作所为也不占理。"

凤紫一语双关，倒让在场的众人为之一惊。轩辕尔桀细细打量凤紫的样貌，此人年轻俊美、肆意狂妄，举手投足间，无不流露出上位者的高傲之态。

作为御前心腹，苏湛的功夫绝对在万人之上，没想到小小的一只银锭，居然将苏湛打落马下。

当然，真正引起轩辕尔桀注意的是，驾车的这名年轻男子刚刚唤出的那个名字——小千！

轩辕尔桀敛去周身锋芒，冲凤紫抱拳："下属无状，有得罪之处，还请这位兄台见谅。"

说着，视线移向紧闭的车门，他故作不经意地问："不知车内坐着何人？"

听到熟悉的声音与自己只有一帘之隔，躲在车内的洛千凰吓得心脏狂跳，恨不能找个地缝躲藏起来。

凤紫的声音适时给她做出提醒："车内之人是我妻子，一路奔波，饥饿劳累，好不容易在此寻到一处客栈，没想到兄台的属下如此无礼，竟要断我夫妻活路。"

苏湛欲为自己辩解，被轩辕尔桀抬手打断，他笑着对凤紫说道："方圆数里并无其他客栈，眼下天色渐黑，不宜继续赶路。刚刚之事不过是一场误会，还请兄台见谅，不要计较。若客栈房间不够，我的人可以挤一挤，腾出房间给兄台落脚。"

轩辕尔桀纡尊降贵到这种地步，不但苏湛、周离等人大惊失色，就连车内的洛千凰也忍不住怀疑，是不是她的耳朵出了问题。轩辕尔桀这样识趣，倒让凤紫不好继续刁难。

她打开车帘，将呆怔中的洛千凰从里面拉出来："小千，下车吧。"

当凤紫再次唤出小千这个名字时，轩辕尔桀的双眼一眨不眨地看向车内之人。虽然早就猜到车里的"小千"与宫中昏睡不醒的"小千"不可能是同一个人，他的心还是不受控制地跳动一下。

一张平凡而又陌生的面孔闯进众人的视线之内。感受到来自四面八方的注视和打量，洛千凰腿软得差点在下车之时当众摔倒。

凤紫拦腰将洛千凰扶了个满怀，语带宠溺地提醒："小心些，摔疼了你，为夫可是要心疼的。"

在凤紫的搀扶之下站稳脚步，洛千凰敏锐地感觉到轩辕尔桀正用灼热的目光打量着自己。她不敢迎接他的视线，生怕被他看出端倪。

凤紫却在这时忽然说道："小千，咱们今晚能在此处留宿，多亏这位公子成全。"

在凤紫的强迫之下，洛千凰不得不与轩辕尔桀四目相对。

她极不自然地冲轩辕尔桀福了福身，不情不愿地说出两个字："多谢！"

陌生的面孔和陌生的声音，彻底打消了轩辕尔桀心中的怀疑。

伪装在脸上的客套瞬息消失无踪，轩辕尔桀点了点头："客气！"

说完，他率领众人踏进了客栈。看着他离去的背影，洛千凰心有余悸地松了口气。

吃过晚膳，洛千凰迫不及待地拉着凤紫躲进客房，一进门，便低声抱怨："此处乃是非之地，咱们必须尽快离开。"

"怕什么？"

凤紫不在意地摆摆手："容貌变了，声音也变了，你那位皇帝夫君并没有认出你来。"

"你小声一点！"

洛千凰捂住凤紫的嘴，打开房门朝四周观望，见没有旁人在门外偷听，这才掩好房门，像做贼一样将凤紫拉到房间的最里处，用细若蚊蚋的声音说道："他那个人非常聪明，只要被他抓到可疑之处，势必会对我的身份产生怀疑。糟了，难道是宫中那个女人露出马脚，他才会带着心腹追出京城？凤紫，咱俩还是连夜逃跑吧。"

她过于紧张的模样令凤紫哭笑不得："那个叫灵儿的姑娘不是说了，那女人被她隐藏得很好，并未引起旁人怀疑。你别自己吓唬自己，他带人出城，说不定另有目的。"

"可是……"

"可是什么？"

凤紫戳戳她的额头："你也不想想，一旦咱俩连夜离开，必会引起别人怀疑。本来掩饰得天衣无缝，你这一闹，定会功亏一篑、留下把柄。小千，你现在这张脸，就算你亲爹亲娘来了也未必认得出。且安心吧，有我在，保你无事。"

洛千凰仍有些不太放心，纠结片刻，她固执地提议："今晚暂且留宿在此，明日一早尽快启程，只有摆脱他们，我才放心。"

凤紫拍拍她的肩："好，都听你的！"

翻来覆去一晚上没睡好的洛千凰，经过一夜的思考，得出结论，轩辕尔桀选在这种时候离开京城，说不定是想秘密寻找他父母的踪迹。

若真是如此，双方前行的方向将会一致，这对一心防着他的洛千凰来说绝对不是一件好事。为了避免路上相遇，洛千凰自作聪明地安排好接下来的出行路线。

"走官道？"

翌日清晨，凤紫还没从梦境中醒过神，就被洛千凰用力摇醒，迷迷糊糊听她讲述接下来的路线规划。

"对，走官道！"

洛千凰振振有词地说："我初步估测，他此行的目的地与你我一样，我爹的封地。为了节省路上时间，他定会选择走小路。从此处抵达下一个驿站大概需要两天时间，走小路的话，只需一天半，所以咱俩走官道，才会错过与他同行。"

凤紫打着哈欠连连点头："听上去颇有道理，行吧，就按你的路线走。"

定好路线，洛千凰迫不及待地更衣洗漱，想要抢先一步离开客栈。

柜台结账时才被伙计告知，轩辕尔桀一行人天还没亮便已动身离开，洛千凰虚惊一场，惹得凤紫对她好一顿嘲笑。

她们接下来的一段行程还算顺利，马车行驶在宽敞的官道上，一路畅行，未遇阻碍。赶车的凤紫和坐车的洛千凰在前行的途中颇有话题，两人天南海北无所不聊。

拉拉杂杂说了半晌，洛千凰好奇地问凤紫："这么久了，你对自己的过去仍旧没有半分印象？"

这个问题令凤紫困扰，看着官道两旁匆匆而过的杂草怪石，迷茫地回道："没有。"

洛千凰秀眉微皱："思来想去，我觉得你出现得很不合理。你想想啊，咱们之前居住过的长乐宫乃宫廷禁地，那里地势偏僻、空置已久，就算有人在你防备不及的情况下算计了你，大可直接取你性命，何必将你丢进长乐宫自生自灭？另外，除了没有记忆之外，你浑身上下并无伤处，这不难证明，你醒来之前，并没有与人打斗过的痕迹。最让我无法理解的是，你胸有韬略兼身怀绝技，却唯独忘了自己是谁。凤紫，你试着回想一下，说不定灵机一动，就想起自己的来历了。"

正逢此时，天边划过一道闪电，一记响雷随之劈下，发出震耳欲聋的轰鸣声。

凤紫顾不得探究自己的身世，抬头看了看渐沉的天色，暗叫一声"不好"，乌云盖顶，闪电齐鸣，看来这场雨势不会太小。

"小千，咱们得尽快找个地势高的地方躲起来，若估算无误，这场大雨，可能会连下一整夜。"

洛千凰也被忽然变坏的天色吓得六神无主，出门在外，最怕碰到雨雪天气，眼看天色越来越阴沉，她连忙指向远处："如果我没记错，再往前二里左右，有一座荒庙。这场雨看着不小，咱们快去那里躲躲。"

说话的工夫，细密的雨丝已经飘落而下。凤紫迅速驾着马车，匆忙闯进破庙。两人刚踏进庙门，豆大的雨点便从天而降。

此时正值黄昏时分，天色却阴沉得可怕。雨点噼啪落下，眨眼之间，庙门外便积满雨水。幸亏庙门设计得够高，雨势再大，也没淹进庙内。凤紫和洛千凰暗暗庆幸，再晚来一步，两人定会被浇成落汤鸡。就在凤紫站在庙门口观测这场大雨会下到几时，身后传来叮叮当当一阵声响，回头一看，凤紫险些笑出声。

凤紫终于明白洛千凰这个小管家婆离京之前，为何会耗资购买那么多在她看来毫无用处的物件，锅碗瓢盆、干菜调料可谓一应俱全。

外面雷声阵阵、大雨不断，庙内篝火通明，香气四溢。如果不是亲眼所见，凤紫无法相信，曾经贵为一国之母的洛千凰，野外生存的本事居然强大到让她不得不刮目相看。须臾工夫，锅内的热粥已经煮好，躲在凤紫胃里的馋虫蠢蠢欲动，差点当场流出口水。

洛千凰动作利落地盛出一碗菜粥递向凤紫："快喝些热粥暖暖胃。"

凤紫接过粥碗浅尝一口，一边赞叹菜粥的美味，一边唏嘘洛千凰的先见之明。

捧着粥碗的洛千凰自得一笑："什么先见之明，不过是经验罢了。出门在外，最怕的就是风餐露宿、染上恶疾，只有吃饱穿暖才能保证身体强健，一路无忧。"

凤紫一边喝粥一边点头，毫不吝啬自己的夸赞："若我真的是一个男子，必会不计代价地娶你进门。"

洛千凰难得调侃她："难道咱俩现在不是夫妻？"

凤紫忍俊不禁笑出声音："对对对，你是我贤妻，我是你良夫，咱俩可不就是天造地设的一对璧人。"

笑闹之间，急促的脚步声由远及近。凤紫双眸警惕地看向庙外，几个被雨水打湿的黑衣男子如入无人之境般风风火火闯了进来。

她定睛一瞧，有些哭笑不得。所谓孽缘，说的大概就是目前这种状况。

她玩味地看向洛千凰，仿佛在问：这就是你精心策划的结果？

洛千凰也有些傻眼，她绞尽脑汁、心机算尽，无论如何也没想到，快她们一步离开客栈的轩辕尔桀一行人，居然会在这座破庙与她们再次相遇。

这不合理啊！洛千凰不禁无语问苍天，率领一行暗卫躲进破庙避雨的轩辕尔桀看到两张似曾相识的面孔时，眼底也流露出些许意外。

"真巧！"

轩辕尔桀难得与人主动打招呼，不为别的，只因那个其貌不扬的姑娘，与他的洛洛拥有一个相同的名字，也叫小千。

洛千凰假装没听到并不理会，还是凤紫比较厚道，笑眯眯地冲众人挥挥手："几位兄台也来避雨？"

轩辕尔桀下意识地点点头，庙外大雨倾盆，庙内篝火通明。几人天不亮便出门赶路，行至此时，早已周身疲惫、饥肠辘辘。

庙里弥漫着沁人的饭香，几个被雨水浇得透心凉的大男人无不吞咽口水，眼冒金光。身为一国之君，轩辕尔桀比较矜持地避开篝火上架着的那口大锅。

他冲凤紫拱拱手："打扰了！"

随即率领一众侍卫点火烘衣，这场大雨来势突然，恐怕今晚要在此留宿。好在破庙空间不小，两方人马各据一方，互不打扰，表面来看倒也相安无事。

作为皇上身边的得力心腹，周离和苏湛顾不得自己身上还湿着，动作迅速地伺候主子烘干衣袍。取出事先准备好的水和干粮，几个大男人一边烤火，一边吃干粮补充体力。

吃饱喝足的凤紫按捺不住心中的好奇，无视洛千凰的阻拦，主动搭话："几位兄台明明比我夫妻二人先行一步，按时间推算，不该耽搁至此啊？"

自从苏湛在这位眉清目秀的公子面前吃过一次亏，便对凤紫生出了忌惮，他出言解释："通往毅州的龙安桥出现坍塌，无法通行，只能绕走官道，所以耽搁了行程。"

凤紫与洛千凰对视一眼，千算万算，没算到龙安桥居然会在这个时候出现坍塌。毅州是两方人马都要赶往的下一个驿站，若龙安桥没塌，轩辕尔桀一行人明日下午便会抵达毅州。

经过这么一番折腾，一行人最少要在路上耽误两天时间。

凤紫以手遮唇，笑着调侃洛千凰："你俩缘分还真是不浅。"

洛千凰哀怨地嘟起嘴巴，小声回道："孽缘而已，不值一提！"

两人互相咬耳朵的画面，引起轩辕尔桀的注意。许是因为名字的关系，他对不远

千凰令
（十一）
凤谋无双
QIAN HUANG LING SHI YI
FENGMOU WUSHUANG
110

处那个其貌不扬的小千生出好奇。

凤紫勾唇一笑："兄台何故看我？"

轩辕尔桀落落大方地拱手："两次相遇，说明你我二人颇有缘分。在下姓秦，秦朝阳，不知这位公子如何称呼？"

来而不往非礼也，凤紫帅气地回了轩辕尔桀一礼，直截了当地道出自己的名字："凤紫！"

凤这个姓氏，令轩辕尔桀心神一颤。

转念一想，天底下姓凤的并非只有母后一族，短暂的诧异之后，心中很快释然。他目光移向洛千凰，试探着问："二位已经交换庚帖，拜过天地？"

凤紫动作熟练地当着众人的面，一手揽住洛千凰的肩："那是自然，小千是我明媒正娶的妻子，将来可是要为我凤家延续香火的。"

每当凤紫用亲昵的语气唤出小千这个名字时，轩辕尔桀的脸色都会跟着发生改变。

周离问道："听凤公子的口音像是京城人士，不知在京城何处高就？"

凤紫笑答："高就不敢当，平日做些小生意讨口饭吃。你们呢？去往哪里，有何贵干？"

周离回得滴水不漏："一路向北，探亲！"

洛千凰白眼翻得越来越大，这些人真是厉害，说谎的时候连眉头都不皱一下。

凤紫故意当着洛千凰的面打听轩辕尔桀的情况："秦公子这般丰神俊朗、年轻有为，去府上提亲的媒婆一定不少。"

轩辕尔桀淡然回道："家有娇妻，早已成亲。"

凤紫玩味地看向洛千凰，洛千凰冷笑一声，假装埋头整理器物。

凤紫知道洛千凰心中在计较什么，她故作诧异："有幸嫁给秦公子这样的俊杰人物，令夫人的门第应该很高吧？"

这个话题，勾起轩辕尔桀对往事的诸多回忆，爱上洛洛时，她只是江州城中一个无依无靠的小孤女，金钱权势这种身外之物与她并不沾边。出门短短几日，他已经开始想念洛洛。

听着外面连绵的雨声，轩辕尔桀难得有耐性与陌生人分享自己的婚姻生活，忆起过去种种，冰冷的脸庞浮现出一抹罕见的温柔："与内子相识之初，她草根出身、隐于乡野，各方面条件都不出众……"

正往锅里添汤的洛千凰听到这话，手腕一抖，清水顺着锅边洒了出去，瞪向轩辕尔桀的目光中多了一丝不满和哀怨。

轩辕尔桀并未察觉洛千凰的异样，沉浸在自己的思绪之中："相处之后，我渐渐被她的天真和善良所吸引。最终力排万难，才将心爱之人娶回家中。"

凤紫饶有兴味地问："这么说来，秦公子与令夫人之间一定是真爱喽？"

轩辕尔桀凝重点头："对！"

凤紫捕捉到洛千凰眼底的不屑越来越深，继续说道："秦公子雍容尊贵、气宇不凡，想必祖业丰厚，家境殷实。像秦公子这种出身富贵之人，除了正妻之外，宅中美妾也不在少数吧？"

轩辕尔桀不卑不亢地回道："府中只有正妻，并无妾室。因为成亲前我承诺过内子，除她之外，不会再纳他人为妾。"

若非身处其中，早知内况，轩辕尔桀那一副情深的模样不知会让多少人为之感动。

洛千凰却越听越窝火，她"啪"的一声将盛汤的饭勺摔在旁边，发出一记清脆的响声。

这声响，引得轩辕尔桀一行人齐齐向她投去疑惑的目光。

凤紫连忙替洛千凰打圆场："小千，刚刚那一下，是手滑了吧？"

洛千凰皮笑肉不笑地冷笑一声："我手没滑，只不过听到一些不实的言论，心中觉得甚是可笑。"

轩辕尔桀敏锐地察觉到不远处那个叫小千的女子似乎对他怀有敌意，直截了当地问道："不实的言论？是在说我吗？"

洛千凰哼了一声："你说是就是呗。"

轩辕尔桀不禁蹙眉："敢问我的言论哪里可笑？"

洛千凰目光坦荡地与他四目相对："誓言是世间最华而不实的，在利益面前，承诺这种东西脆弱得不堪一击。当秦公子一脸情深地说此生不负结发妻时，心底难道就不发虚吗？"

一腔深情受到质疑的轩辕尔桀面露不悦："君子一言，驷马难追，这是做人的底线。"

洛千凰冷笑更甚："在利益面前，诺言算什么？"

她处处挑衅自己的言论，激起轩辕尔桀心中的斗志："你凭什么认为我会为了利

千凰令
（十一）
凤谋无双
QIAN HUANG LING SHI YI
FENGMOU WUSHUANG

112.

益背弃诺言？"

洛千凰不甘示弱地回道："凭直觉！"

"直觉？这个答案未免可笑。"

"在人性面前，任何不可能都会变成可能。"

"所以你坚信我在利益面前不会忠于自己的婚姻？"

洛千凰将话题抛了回去："忠与不忠，这要问你自己的良心。"

从未被人针对过的轩辕尔桀生出恼意，他不好与一个女人斤斤计较，直接向凤紫控诉："没想到凤公子眼光清奇，竟娶了一位悍妻回来。"

正在看热闹的凤紫没想到这把火会烧到自己身上，好一会儿才意识到轩辕尔桀口中的凤公子正是指她自己。

她忙不迭地回神，强忍着笑意说道："悍妻好啊，厉害一点，出门在外才不会被人欺负。"

为了证明两人夫妻情深，凤紫非常豪放地当着众人的面，捧过洛千凰的脸颊，用力在她额上亲了一口："小千，虽然你鄙弃誓言、看淡承诺，为夫还是要说，此后余生，为夫心中只爱你一个。"

洛千凰有样学样，在凤紫俊俏的脸颊上回亲了一记："我也是！"

两人浮夸而又做作地在众人面前大秀恩爱的行为，令轩辕尔桀忍不住腹诽，他到底招谁惹谁了，竟在途中遇到这么一对可笑的夫妻？

第一百二十三章 神秘人神出鬼没

千凰令
（十一）
凤谋无双
QIAN HUANG LING SHI YI
FENGMOU WUSHUANG

114

一夜无话。

翌日清晨，被大雨洗礼过的天空终于放晴。休息了一晚，轩辕尔桀在庙外鸟儿的鸣叫声中渐渐清醒。

睁开眼，他看到随行的侍卫忙碌不停，破庙的另一头，凤紫"夫妇"并肩而坐，有说有笑地围坐在锅边享用早餐。

粥的香味弥漫开来，狠狠刺激着轩辕尔桀的味蕾，他难堪地咽了咽口水，强迫自己忽略那二人的存在。

轩辕尔桀起身后，正要召唤下属过来议事，蓦然发现，躺过的地方竟然云集着一群蚂蚁。

由于蚂蚁的数目实在太多，密密麻麻一片，冷不丁看过去异常可怕。

没有任何心理准备的轩辕尔桀低叫一声，下意识地避开蚂蚁，因为动作有些大，蚁群受到惊扰，吓得四处逃窜，看得轩辕尔桀一阵阵作呕。

正指挥众人打点行装的周离听到惊呼，三步并作两步地闯进庙门，担忧地问："主子，怎么了？"

当周离看到无数只蚂蚁在主子躺过的地方拼命逃窜时，脸色大变，忙抽出佩剑，欲将蚂蚁斩杀干净。

洛千凰笑着对凤紫说："堂堂七尺男儿，居然被几只蚂蚁吓得瑟瑟发抖，你说好笑不好笑？"

凤紫非常配合地点点头，顺便向轩辕尔桀投去一记同情的目光。那个可怜的男人大概还不知道，他沉浸在睡梦中时，对他心怀不满的洛千凰为了报复他当日的无情，偷偷召唤来蚁群，故意给他难堪。

洛千凰报复人的手段虽然幼稚，被报复之人的反应却让凤紫倍觉有趣。在周离的驱赶之下，成群的蚂蚁迅速逃窜。

轩辕尔桀狼狈地冲周离摆摆手，沉着脸说："几只蚂蚁而已，无碍！"

昨晚吃干粮时零碎的食物掉落在地，引来蚂蚁争抢属于自然现象。反倒是他过激的反应引来旁人的嗤笑，让他心中很不痛快。

经过一番简单的休整，两方人马同时踏上下一段旅程。起初，洛千凰对于与轩辕尔桀一行人同行极为抗拒。经过凤紫的一番劝说，她不得不接受双方同行。

从这里赶往下一个驿站，至少需要一天的时间，若出发得太晚，恐怕天黑之前赶不到目的地，这对洛千凰来说是非常不划算的。

经过你来我往的一番相处，洛千凰发现轩辕尔桀并没有对她的身份生出怀疑，胆子也在无形之中大了不少。

从破庙赶往官道，必须经过一条崎岖小路，就算轩辕尔桀一行人骑马，由于道路泥泞，只能蹒跚而行，无法加快速度。

让轩辕尔桀感到欣慰的是，凤紫这个人虽然语气嚣张、态度狂妄，谈吐和学识却令他不得不对其刮目相看。

前行途中，两人时不时交谈几句，凤紫总能一针见血，抓到事情的重点，并用特有的想法，将很多让轩辕尔桀想不通的事情，分析得清晰透彻。

"自古贪官最难治理，这是历代帝王都会遇到的难题……"

驾着马车的凤紫玩世不恭地支着长腿，一边赶车，一边把玩着手中的马鞭："所以秦公子大可不必过于忧心，连当今皇上都头痛的事情，你跟着生气有什么意义？"

轩辕尔桀挑眉："不知凤公子言下何意？"

凤紫勾唇一笑："这有什么不好理解的？通往毅州的龙安桥忽然坍塌，便是最好的例子。朝廷发放银子给各州各县建桥修坝，为的是造福百姓、减少灾祸。拿了银子的地方官员却中饱私囊，偷工减料，所以那龙安桥只坚持了三年便塌成碎石。龙安桥这一塌，地方官员不知会乐成什么样子，知道这是为什么吗？"

轩辕尔桀被凤紫牵着思绪走："为什么？"

凤紫说道："贪图银子的官员可以借塌桥之事上奏朝廷，向户部索取修建款，一旦银子被派发下来，他们又可以从中得利，大赚一笔。"

轩辕尔桀听得眉头直皱："你这个说法我不认同。龙安桥三年即塌，这不符合正规工程的使用年限，此事一旦被上奏朝廷，追责下来，那些贪了银子的地方官一个都跑不了。"

凤紫戏谑地看向轩辕尔桀："官不举、民不究，皇上是吃饱了撑的才会过问这种芝麻小事。顶层的官员忙着巩固地位、拉拢人心，下面的官员忙着送礼讨好、步步攀升。大家各自牟利，为了区区几笔修桥的银子，谁也不会故意去为难彼此。反正国库有的是银子，一万两也是拨，十万两也是拨。皇上下旨修桥落得个好名声，地方官从中得利赚得盆满钵满。表面来看，这笔钱由朝廷来出，实际上花的还不是从老百姓身上搜刮来的银子。所谓'取之于民，用之于民'，不就是这么一个道理。"

凤紫的这番理论，竟让轩辕尔桀无从反驳。

见他一脸吃瘪的模样，凤紫笑道："皇帝久居深宫，不解民间疾苦实乃常事。若他知人善用，多听听四面八方的反对声音，说不定对朝廷大有益处。可惜啊，自古少有君王懂得'忠言逆耳'四字的含义。人生在世，谁不爱听奉承溢美之词。平民百姓尚且如此，何况锦衣玉食、受不得半点委屈的天子。"

周离忍不住为自家主子辩驳几句："荣德帝勤政爱民，堪称明君，未必听不得逆耳的忠言。凤公子不了解皇上为人，妄下断言，想法未免偏激了一些。"

凤紫调侃一笑："皇上英明也好、昏庸也罢，我身为外人不予评价。我只是针对断掉的龙安桥发表个人见解，几位兄台不必为了我随口说的几句戏言来挑我的错处。"

轩辕尔桀神色变得极其认真："既然凤公子有这番能力和眼界，何不考取功名，在仕途上大展拳脚？"

马车里的洛千凰一把掀开车帘，没好气地说："功名利禄最是俗气，我的男人不求那个。"

轩辕尔桀瞥向洛千凰："你这想法极为自私，男子汉大丈夫，忠君效国，才不枉此生。"

洛千凰送他一记大白眼："我自私，我乐意，你一个外人，管得着吗？"

轩辕尔桀不想与一个女子发生争吵，对凤紫说道："凤公子，俗话说，娶妻当娶贤。"

洛千凰气急败坏："秦公子，俗话说，宁拆一座庙，不拆一桩婚。"

轩辕尔桀哼笑："孔夫子说，唯女子与小人难养也。"

洛千凰反驳："自古榜上有名的小人不计其数，凡是位列在册的，可都是男人。"

见自家主子连连吃亏，周离和苏湛忍不住憋笑。轩辕尔桀和洛千凰吵嘴的样子对凤紫来说甚是有趣，就在她试图说些什么来调解气氛时，狭窄的小路忽然拥出上百名手执长刃的黑衣杀手。

变故来得过于突然，轩辕尔桀一行人不得不拉下马缰僵在原地。

凤紫玩味地吹了一记口哨："哟，这是遇到劫匪了。"

轩辕尔桀神色警惕："从气势来判断，应该不是普通的劫匪。"

黑衣杀手并未给他们太多反应的时间，为首之人一声令下，上百名黑衣人迎面杀来。轩辕尔桀此行只带了八名暗卫，以寡敌多的情况下，他们这边并不占优势。饶是如此，周离和苏湛还是在杀手扑来之前率领暗卫加入战局。

两方人马很快便打斗到一起，凤紫一把拉下车帘，对车内的洛千凰说道："注意安全，关键时刻保命要紧。"

说罢，她纵身下马，与黑衣杀手缠斗起来。有了凤紫的加入，局势得到了暂时的控制。凤紫动作利落、身手矫健，眨眼之间便将几个杀手撂倒在地。

轩辕尔桀怀疑自己是不是看花了眼，凤紫应敌时的动作，与那晚从皇宫劫走洛千凰的神秘人居然有七八分雷同之处。

难道凤紫就是他一直在寻找的神秘人？可是不对啊，记忆中的那个神秘人，五官样貌与母后颇为相似。

与敌应战的凤紫虽然容貌俊美，与那晚匆匆一瞥的神秘人并无半分重合之处。就在轩辕尔桀失神之际，闯入战局的凤紫一剑刺向敌人的胸口，剑入骨肉，鲜血四溢，可身负重伤的黑衣人不但连眉头都未皱一下，反而越战越勇，杀意更甚。

凤紫惊呼一声："这些人没有痛觉！"

就连苏湛和周离都感受到了危机和压力，以少敌多的情况下，他们越来越不占优势。眼看战况呈现劣势，洛千凰知道自己再不出手，必会死在寻亲的途中。趁打斗现场陷入激烈，一记并不太明显的口哨声在兵戎相见中悄悄响起。

随着越来越多的黑衣杀手将轩辕尔桀一行人逼到快要无路可退，一条银白色的巨蟒无声无息地从山林而来。

白蟒身形硕大，来势凶猛，在轩辕尔桀和凤紫无比震惊的目光中，蟒蛇的尾巴用力一摆，数十名黑衣杀手在猝不及防的情况下被当场掀飞。

蟒蛇的力气巨大无比，就算黑衣杀手没有痛觉，一下子被甩出十几米远，落地时，五脏六腑摔得粉碎，想要活命也难如登天。

存活下来的黑衣人很快便与白色大蟒陷入死战，可惜，对方在巨蟒面前脆弱得不堪一击，几乎是眨眼间，这伙来历不明的黑衣杀手，便成了巨蟒饱腹的口粮，一个个

千凰令
（十一）
凤谋无双
QIAN HUANG LING SHI YI
FENGMOU WUSHUANG

118

死状凄惨。

食人的巨蟒来得突然，走得迅速。搞突袭的黑衣杀手在巨蟒利齿的肆虐下伤亡惨重，巨蟒扭动着肥大的身躯离去时，事发现场一片狼藉。

洛千凰掀开车帘奔向凤紫，鲜血将她的衣袖染得鲜红一片，为了避免伤口感染，她忙不迭地将凤紫拉到车内进行包扎。

若有所思地打量了洛千凰好一会儿，轩辕尔桀才收回视线，吩咐周离、苏湛等人勘查现场，抓捕活口，趁机审讯这些人的身份来历。

周离这些人在刑讯方面十分老练，以迅雷不及掩耳之势捆绑好那些杀手。就在众人清理尸体时，变故发生了，活下来等待审问的杀手们，居然接二连三停止呼吸，这让现场的气氛变得诡异起来。

包扎完伤口的凤紫在洛千凰的搀扶下走出马车，看到周围一片死气，她皱眉问道："怎么会这样？"

轩辕尔桀的脸色并不比凤紫好看多少，此次秘密离京赶赴北漠，知道真相的人少之又少。

没想到行至一半便有刺客赶来劫杀，这是不是说明，他的行踪已经被泄露了？

周离替自家主子回道："从死状来看，像是中毒而死，可属下等人并没有在他们的口齿中发现毒液的成分。"

洛千凰欲向尸体处走去，被凤紫一把拦住："这些人死因不明，恐生变数，别给自己招惹麻烦。"

洛千凰安抚地拍拍凤紫的手臂："我懂得分寸。"

凤紫仍不放心："我同你一起。"

"别！"

洛千凰将她推了回去："你身上有伤，小心感染。"

虽然洛千凰不想在轩辕尔桀一行人面前暴露过多，但眼下涉及人身安危，她无法对这起变故置之不理。

说不定可以从这些黑衣杀手的身上，查到与父母失踪有关的线索。捂着鼻子走近尸体，洛千凰捏开其中一具尸体的下巴，细细查看每一个细节。

洛千凰的行为举止，令轩辕尔桀心中生疑。在此之前，他并未将这个名叫小千的女子当一回事。除了名字与洛洛雷同之外，无论脾气还是长相，毫无半点过人之处。

可此时此刻，他不禁对这个小千刮目相看，隐匿于丛林之中的食人巨蟒为何会这么巧地出现在众人面前？事发之后，小千又为什么如此淡定地去尸堆前查看尸体？

洛千凰没有给轩辕尔桀太多反应的时间，查看之后，她很快得出一个结论："这些杀手，全部死于蛊虫作祟。"

凤紫代替众人问道："蛊虫作祟？"

"对！"

洛千凰的语气十分笃定："之前交手时你曾说过，这些人虽会受伤，却没有痛觉。当时我就在想，血肉之躯怎么可能没有痛觉，直到刚刚……"

话说到这里，洛千凰从其中一个死者的口中抽出一条金黄色的肉虫。

肉虫被取出来时已经死掉，凤紫眉头皱得死紧，连忙提醒："小千，赶紧扔了，脏！"

洛千凰微微一笑："这肉虫可是大补之物，烤熟后味道极其鲜美。"

此言一出，就连轩辕尔桀等人也露出一脸厌弃之色。

"开个玩笑而已，你们还当真了。"

洛千凰一脸嫌弃地丢掉肉虫，取出帕子，动作优雅地擦擦手指，边擦边解释："这种肉虫名为断心蛊，在疆域一带并不罕见。蛊虫潜藏在身体中时，会麻痹中蛊之人的五感，所以他们在受伤之时，才感知不到身体的疼痛。"

周离不解地询问："我绑缚他们的时候曾经查过，活下来的这些人，受伤情况并不严重。既然不严重，为何会在眨眼之间先后死去？"

洛千凰简单解释："这些人不过是养蛊的容器，蛊王一死，其他蛊虫无力存活，容器们便失去了存在的必要。"

苏湛倒吸一口凉气："所以造成他们死亡的罪魁祸首，是潜藏在他们身体里的蛊？"

"对！"

洛千凰点头应对："若我没猜错，那条巨蟒十之八九也是嗅到了蛊虫的味道才会闯出山林，闹出这场事端。如若不然……"

洛千凰佯装无意地看了轩辕尔桀一眼，继续说道："巨蟒为何只攻击他们而不攻击我们？"

为了避免节外生枝，她必须为巨蟒的出现找一个借口，这些蛊虫，正好解了她的燃眉之急。

轩辕尔桀自然不可能被她三言两语的解释糊弄过去，他说出自己的观点："那条巨蟒并未中蛊，怎么可能会被蛊虫吸引？"

洛千凰反问："若非如此，秦公子怎么解释那条巨蟒的存在？"

轩辕尔桀差点说，那条巨蟒，难道不是你召唤出来的？反应过来的时候他才意识到，这个想法究竟有多荒谬。

并非所有叫小千的女子都有召唤动物的天赋，他一时忘了，此小千非彼小千，怎么可能会在神不知鬼不觉的情况下召唤出巨蟒。

凤紫敏锐地察觉到轩辕尔桀似乎对洛千凰的身份有所怀疑，于是不着痕迹地将矛头指向轩辕尔桀："秦公子是不是得罪了什么人，才引来这些刺客伏击追杀？"

苏湛皱眉："凤公子这话说得未免过于诛心，这些人身份未明，你凭什么认为他们是我们引来的？"

凤紫瞥了苏湛一眼，故作惊讶地问："所以你的意思是，刺客的最终目标是我和小千？"

周离连忙打圆场："先不要急着下结论，这些人的真正身份还有待追查……"

洛千凰淡淡地接口："从他们手上残留的冻疮痕迹不难推断，这些人应该来自北方。"

北方？北漠！轩辕尔桀迅速得出最终结论，看来，他秘访北漠的行踪，果然被人泄露了。

与周离、苏湛等人对视一眼，轩辕尔桀面带愧意地冲凤紫拱手："不管真相如何，多谢凤公子刚刚出手相助。既然你夫妻二人也是一路向北，不如大家结伴而行，相互也能有个照应。"

洛千凰挺身挡在凤紫前面，直接拒绝："结伴而行大可不必，我们向来喜欢单独行走，人一多，怕是会造成彼此不便。"

轩辕尔桀瞟了一眼凤紫的伤口，对洛千凰说道："路途遥远，风险难测。你夫君如今身上带伤，万一遇到麻烦，我担心你夫妻二人难以应对。"

洛千凰语带怨气："如果不是被你连累，我家凤紫岂会受伤？"

轩辕尔桀被她那一脸愤慨的模样逗笑了，好脾气地说道："正因二位受我连累，我才提出结伴而行。小千姑娘，你不为自己着想，也要为你夫君着想，你也不希望身边最重要的人在途中遭遇不测吧？"

看着凤紫受伤之处渗出鲜血，虽未伤及要害，可失血过多，必会导致体力的缺失。洛千凰知道拒绝同行对她们来说毫无益处，可她又不想和轩辕尔桀这群人继续打交道。

内心深处天人交战，一时之间她倒没了主意，只能向凤紫递去求助的眼神。

凤紫读懂了她眼中的纠结，低声在她耳边说道："都听你的。"

洛千凰顿生愧疚，凤紫对她并无责任，却甘愿为了她一路向北寻找父母，还在她的连累下身负重伤。

若她执意单独上路，必会给凤紫带来麻烦，这么大一笔人情债，她怕将来偿还不起。

她思来想去，只能不情不愿地向轩辕尔桀做出妥协："秦公子一番好意，我若不领，倒显得我不识抬举。"

说着，她象征性地冲轩辕尔桀福了一礼："接下来一段行程，有劳秦公子多加照应。"

轩辕尔桀勾唇一笑："互相照顾，小千姑娘不必多礼。"

接下来的行程之中，轩辕尔桀总会在洛千凰不注意的情况下细心留意"小千"的一举一动。

不知是不是因为过于想念洛洛，每当他看到样貌、声音与洛洛有着天差地别的"小千姑娘"时，总会牵出心底太多思绪。

这日，趁着队伍休整之际，手臂伤势已经恢复得七七八八的凤紫与轩辕尔桀聊闲话时，状似若无其事地说道："我看过地图，再过两三日，便可抵达奉阳地界。多亏秦公子帮扶照顾，我夫妻二人才会一路无忧赶至此地。"

轩辕尔桀笑着回道："凤公子无须客气，彼此相遇即是有缘，何况与你这般俊杰人物一路同行，令秦某受益匪浅。"

凤紫抱拳："能得秦公子的赞誉，是凤某的荣幸。"

轩辕尔桀隐隐感觉到有些不对劲，北上途中，他与凤紫也算是半个熟客。

此人虽能力滔天、聪慧睿智，言行举止及处事手段却颇为高调。

权力、地位这种浮华之物一向令凤紫不屑一顾，可是今日，眼高于顶的凤紫竟一改常态，忽然对他礼遇起来，这让已习惯凤紫狂妄作风的轩辕尔桀倍感不适。

"凤公子，你是不是有什么难言之隐？"

轩辕尔桀的询问正中凤紫下怀，她淡淡一笑："的确有一件事，我百思不得其

千凰令

（十一）

凤谋无双

QIAN HUANG LING SHI YI
FENGMOU WUSHUANG

122

解。"

轩辕尔桀挑眉："愿闻其详。"

凤紫用下巴指了指不远处正在给马儿喂食的洛千凰，低声问："秦兄，你觉得我家小千如何？"

轩辕尔桀没想到凤紫的问题这么直接，反应了好一会儿，才讷讷回道："温柔乖巧、心思细腻，是一位值得男人用心呵护的好姑娘。"

凤紫微微勾起唇瓣，颇为认同地点点头："没想到秦公子与我的眼光竟是如此一致，我喜欢的，秦公子也是这般喜欢。"

听到这里，轩辕尔桀恍然大悟，他连忙解释："凤公子误会了……"

"误会就好！"

凤紫截断他接下来的话，起身拱手："希望这样的误会，今后不会发生第二次。"

不冷不热地说完，凤紫告辞离去。

被丢在当场的轩辕尔桀哭笑不得，不过转念一想，又觉得自己的行为的确是唐突了一些。

不管"小千姑娘"与洛千凰有多少相似之处，她们始终是两个人，他实在不该为了心中那丝想念，给别人造成不必要的困扰。

接下来的一段路程，被警告过的轩辕尔桀非常识趣地没有再揪着与洛洛相似的"小千姑娘"不放。

十余人的队伍一路向北，两日后顺利抵达益州境地。众人留宿同安客栈，翌日清晨，休息得当的轩辕尔桀正准备继续赶路，忽然接到周离递来的密函。

密函是周离安插在益州的探子所送，自从太上皇夫妇失踪，周离便秘密启动各省各县所有的密探，时刻留意可疑动向。轩辕尔桀万没想到，密函中所陈述的内容，居然与父皇息息相关。

经过密探暗中观察，一个与太上皇容貌相似的男子出现在益州境地，目前就住在同安客栈五里开外的祥福客栈。

密探不敢自作主张，迅速联络到自己的上级，才将这道密函递交到皇上手中。阔别数日，终于获知父皇的下落，这让轩辕尔桀非常激动，他迫不及待地率领周离、苏湛两大贴身护卫，一路追至祥福客栈。

按照密探提供的留宿地址，轩辕尔桀非常顺利地抵达"父皇"在祥福客栈的房间门口。无数疑问纷沓而至，若房间内的住客真的是失踪数日的父皇，是不是意味着母后也在房间里？

带着满腹的好奇、不解，以及戒备，他用力推开两扇房门。房门被开启时，屋内的画面尽收眼底。一张极度熟悉，却又陌生得让轩辕尔桀难以置信的面孔闯进他的视线之内。

之所以说极度熟悉，是因为屋内男子的容貌与父皇轩辕容锦一模一样。这张脸他从小看到大，自己的亲爹，他绝不会认错。

可是，冥冥之中有一个声音在提醒他，这个男人并不是父皇。父皇四旬以上，已近中年，就算保养得当，也不可能年轻成这样。

从面相上判断，眼前这个和轩辕容锦拥有同一张面孔的男子，年纪在二十岁上下，虽眉目英挺、气势凛然，与久居上位的父皇相比，终是多了几分稚气。

轩辕尔桀生出一个大胆的猜测，这个与自己年纪相仿的男子，莫不是父皇在外面欠下的风流债？如果母后得知此事，会不会在怒极之下离开父皇？

脑海中天人交战之时，屋内的男子冲他露出一个和善的笑容："秦公子，你终于来了，我已经在此等候多时。"

见轩辕尔桀面带警惕地瞪着自己，那人微微一笑："我知道你一定对我的身份非常好奇，既然来了，何不进屋一叙，以解疑团？"

轩辕尔桀闻言未动，神色警惕地瞪向屋内男子："你究竟是谁？"

男人勾唇一笑："若你不怕隔墙有耳，我完全不介意用这种方式与黑阙皇朝的荣德皇帝敞开大门进行交流。"

短短几句话，轩辕尔桀的身份便在此人面前暴露无遗，这让他倍感棘手，越发想要知道面前之人究竟是何方神圣。

他低声对苏湛和周离吩咐："守住门口，未得命令不准闲杂人等接近此处。"

周离和苏湛也被眼前的状况惊呆了，不敢相信，世间竟有如此相似的两张面孔，用双胞胎来形容也不为过。

踏进屋内，掩好房门，轩辕尔桀上上下下打量着眼前的男子，开门见山地问："难道你是父皇流落在外的私生子？"

正在喝茶的年轻男子听闻此言，险些喷出一口茶："私生子？"

轩辕尔桀面色不善："如若不然，你为何与父皇生得如此之像？"

男子笑道："你可曾想过，我其实就是你的父皇？"

千凰令
（十一）
风谋无双
QIAN HUANG LING SHI YI
FENGMOU WUSHUANG

124

轩辕尔桀面色一沉，迅速抽出腰间的佩剑，直逼男子咽喉："既然你已经知道我的身份，便该清楚，欺君乃死罪。"

男子不紧不慢地拨开他的剑，冲他做了一个请的手势："别冲动，有什么话，坐下来慢慢聊。"

轩辕尔桀不为所动，执着地问出心中的疑问："你到底是谁，为何要引我来此见面？"

男人神色淡定地喝了口茶，随即说道："我姓赵，名字什么的并不重要，如果你一定要问个仔细，我可以告诉你我的字，墨青。"

轩辕尔桀皱眉："赵墨青？"

"不！我虽然姓赵，但墨青并不是我的名，而是我的字。当然，叫我赵墨青也未尝不可。就像你本名叫作轩辕尔桀，可出门在外，却喜欢用秦朝阳这个化名来掩饰自己的真实身份。我的情况亦是如此，还请秦公子不要在名字的问题上刨根问底。"

见轩辕尔桀戒备更甚，赵墨青摊摊双手："我知道这个答案并不会让你感到满意，因为我这张脸，与你父亲荣祯皇帝一模一样。顶着这张面孔出现在你面前，你心中定有颇多疑问。该怎么解释这件事呢？"

赵墨青有些纠结地皱了皱眉："认真算起来，当初可是你先招惹的我。你为救爱女，不惜启动阵法，让一切不可能变成了可能……"

"你等等！"

轩辕尔桀打断他的话："我膝下尚无子嗣，哪来的女儿？"

赵墨青干笑一声："我差点忘了，这个时候，你的女儿还未出生。"

轩辕尔桀下意识地将此人归入神棍的行列，心里盘算着，如果动起手来，自己的胜算会有几成。

赵墨青却在这时说道："洛无忧，你妻子洛千凰为你生下的嫡长女，按时间来推算，长女出生的日子，应该在两年之后。"

轩辕尔桀冷笑："没想到你还是一个江湖骗子。"

赵墨青反问："骗你对我有何益处？"

"那就要问你自己了。"

"好吧，是我多此一举，拿还未发生的事情与你理论。当初你以同样的方式找到我面前时，我的反应与你一样，戒备、质疑、警惕、防备。在未知的力量面前，这种反应，是人类的本能。"

轩辕尔桀越听越迷惑："我何时找过你？找你做什么？"

赵墨青思忖片刻，认真回道："确切来说，你找的不是我，而是我妻子。"

轩辕尔桀险些被这个答案气笑："你妻子是什么了不起的人物吗？"

赵墨青郑重点头："对，她非常了不起，厉害到足以改变我们彼此的命运。"

"姓赵的，我没工夫在这里听你胡说八道。"

赵墨青无奈一笑："我就知道你会是这种反应。不过这也不怪你，当日你设计引我上钩时，我的态度比你现在还要强硬。我理解你此时的心情，亦如我当初那般。"

轩辕尔桀快要失去耐性时，赵墨青出其不意地说道："你父母于月余之前意外失踪，直至今日下落不明，我说得没错吧？"

"你怎么知道？"

"因为他们失踪那日，便是我来到这里之时。"

轩辕尔桀越听越糊涂："我不明白你的意思。"

赵墨青耐着性子解释："那夜风云巨变，雷雨交加，在未知力量的促使下，我意外来到了不属于自己的地方，和我一同来到这里的，还有我的妻子。不知何故，我明明感觉到她与我共处同一个空间，却始终寻不到她的下落。引你来此，我有两个目的，第一，借你之势帮我寻人；第二，我要见你的皇后一面，她天赋异禀，能号令百兽，可助我找到康多神鹫。"

轩辕尔桀听得满肚子疑问："康多神鹫是什么？"

赵墨青回道："它是猎鹰的一种，以野兽尸体为食，颇具灵性。据史料记载，康多神鹫可以寻到时空之门，只有得到它的指引，我才能回到自己的国度，你离奇消失的父母，也会回归他们的世界。"

"赵墨青，你觉得我像一个没有判断力的傻子吗？"

赵墨青神色认真地与之对视："你可以不信我，但你用什么来解释你父母的人间蒸发？"

这个问题，着实将轩辕尔桀问住了。以父皇和母后的本事，就算遭遇不测，他们也会想尽办法为自己脱身。叵从失踪到现在，有关于他们的消息如同石沉大海，无数暗卫反馈回来的结果始终是一无所获。

赵墨青出现之前，他或许还可以找些借口来欺骗自己。当赵墨青顶着与父皇一样的面孔闯入他的视线时，他隐隐意识到，很多不合理、不可能的事情，也许在冥冥之中真实存在。

再次看向赵墨青，他试探地问："你妻子，姓甚名谁？是何模样？"

赵墨青将事先准备好的一幅画递给轩辕尔桀。

慢慢展开手中的画轴，轩辕尔桀面色大变。画中女子，正是他消失多日的母后凤九卿。

不，更确切地说，是年轻时的凤九卿。

赵墨青坦言道："慕紫苏，我妻子的闺名，样貌是不是与令母极像？"

此女神似凤九卿，眉宇间所展露出来的神态又不像凤九卿。

两人容貌相似，气质不同，像同一个人，却并非同一个人。

赵墨青继续说："只要事实存在，就一定有存在的因果关系，其间缘由我无法解释，若你一定要个答案，我只能说，所有的一切皆来自天意。"

轩辕尔桀狠狠压下心底的震撼，再次看向赵墨青，眼中的戒备已慢慢散尽。

"你希望我如何帮你？"

"我要见你的皇后。"

"她头部受伤，人在京城。"

赵墨青当即决定："我与你一同回京。"

轩辕尔桀摇头："我有要事，必须亲赴北漠一探虚实。"

赵墨青犹豫片刻，忽然说："我愿助你一臂之力。"

这时，周离的声音从门外传来："主子，刚得到消息，凤公子留书一封，携妻先行，于半个时辰前已经离开了同安客栈。"

未等轩辕尔桀醒过神，赵墨青的声音在耳边响起："我身份特殊，不想与闲杂之人过多相处。既然你朋友带着妻子先一步离开，接下来的北漠之行，你我二人结伴，速战速决，尽快达成彼此心中所愿。"

经过数日奔波，洛千凰和凤紫终于顺利抵达了奉阳。

奉阳，逍遥王的私人封地。这里四季分明、物产丰富，民风淳朴、风光无限。居于京城时，骆逍遥不止一次向女儿夸赞奉阳山好水好人更好。

荣祯帝未退位时，对骆逍遥极其器重，两人表面君臣相称，私底下却亲如兄弟。那时，年幼的轩辕尔桀遭人劫持，骆逍遥不顾性命之危将身陷险境的小太子从敌人的魔爪中救了回来。

朝廷为了表达谢意，挑了好几处物产富饶的封地供骆逍遥选择。骆逍遥一眼便看中了奉阳，从那以后，奉阳便成了逍遥王的专属封地。

看着老百姓络绎不绝地行走于街头巷尾，洛千凰心中百般感慨："我爹果然没有骗我，奉阳的气候，比京城那边可清爽多了。"

"那可不见得。"

凤紫颇有兴致地欣赏着小摊处摆放的各种娃娃玩偶，边把玩边说："京城偏南，奉阳偏北，此时正逢夏季，北方的气候自然比南方凉爽许多。等再过几个月，天降大雪，气温下降，冻得你牙齿打战、小脸惨白，看你还是否说得出气候清爽这种傻话。"

洛千凰得意地扬扬下巴："怕什么，我爹说，他的王府装满了地龙，即便到了严寒冬日，府中也是四季如春。"

凤紫反问："王府的设施再如何齐全，与你何干？难道你还想住进王府，留宿不走？"

洛千凰理所当然地回道："我爹的王府，我难道还住不得？"

凤紫上上下下看着她，好意提醒："小千，你是不是忘了自己现在姓甚名谁？"

在凤紫的点拨之下，洛千凰恍然大悟，她伸手摸向自己的双颊，暗叫一声："糟糕，我忘了这张脸的主人，根本不是洛千凰。"

她可怜兮兮地看向凤紫，小心翼翼地说："反正咱们与那伙人已经分道扬镳，这张面具……"

"万万不可！"

凤紫想也不想地打断她的话："行踪暴露，必会惹来无穷后患。"

洛千凰不甘地问道："所以我爹的王府，我还回不得了？"

凤紫微微一笑："回是回得，只不过，要换一种方式回。"

夜色之下，一高一矮两道黑影悄无声息地跃上逍遥王府高高的院墙。虫儿鸣叫、月光皎洁，远处传来更夫敲更的声音，并没有人发现王府的院墙上多了两位不速之客。

身穿夜行衣的洛千凰小声询问身边的凤紫："有件事我一直想问，咱们 略隐藏得很好，为何突然决定与那些人分开？"

洛千凰口中的那些人，指的自然是轩辕尔桀。

凤紫坦然说道："再不分开，我担心你的身份会暴露。"

洛千凰颇为震惊："怎么可能？你不是说，我现在的样貌和声音，就算亲爹亲娘看到我也认不出来吗？"

"容貌和声音可以改变，生活习性却改变不了。小千，你那夫君聪明绝顶，长此以往接触下去，早晚会被他看出破绽。之前答应与他们同行，不过是稍加利用，降低途中赶路的风险。如今安全抵达奉阳地界，我们没必要再跟他们继续演戏。"

洛千凰十分认同地点点头："还是你想得周全。"

说话的工夫，蹲坐在墙头的洛千凰四下打量王府的环境，扫视一圈之后才发现有些不对劲："凤紫，你有没有觉得府内的氛围有些不对劲？"

凤紫点头："现在是戌时一刻，这个时辰，王府不该如此安静。"

从高处望过去，府内烛火全熄，漆黑一片，别说主人，就是丫鬟、仆役都不见一个。偌大的王府空无一人，这本身就存在很大问题。

府内怪异的气氛让担忧双亲安危的洛千凰心急如焚："我必须找人问问清楚我爹娘究竟出了什么事情。"

说着，洛千凰纵身一跃，跳下墙头。

凤紫想要阻止已经来不及了，就在她追随洛千凰想要跟她一起跳下去时，耳后传来一道质问："何人如此大胆，竟敢擅闯逍遥王府？"

黑夜之中，洛千凰被这道突如其来的声音吓得浑身一颤。凤紫从袖内抖出一枚铜钱，朝声源处奇袭过去。

她的速度快如闪电，普通人根本无半分抵抗之力。让凤紫意外的是，当铜钱被抛出去时，被袭之人不但以惊人之势接住铜钱，还以其人之道，还治其人之身，朝凤紫这边又丢了回来。

凤紫动作利落地将铜钱接住，惊呼道："谁？"

两个同样身穿夜行衣的高大身影从夜色中闯了出来，看清其中一人的模样，凤紫惊道："秦公子？"

被唤作秦公子的男人也有些意外："凤公子？"

"你怎么会在这里？"

这句话，是轩辕尔桀和凤紫同时问出口的。

洛千凰意识到事情棘手，连忙岔开话题："真巧啊，秦公子也来此处散步？"

轩辕尔桀根本不吃她这一套，脸色瞬间阴沉下来："你二人夜闯逍遥王府，究竟有何目的？"

洛千凰干笑一声："这话我不爱听，都说了是散步至此，何来的夜闯。若一定要用个'闯'字，你此时的行为又是什么？"

轩辕尔桀坦然回道："王府的主人与我有亲缘关系。"

洛千凰想说，王府的主人还是我爹呢。

凤紫这时出面解释："是这样的，我与小千前行途中遇到毛贼，身上的银子都被偷窃光了，无处落脚的情况下，决定找一处安身之所暂时过夜。"

站在轩辕尔桀身侧的赵墨青忽然说道："这位公子路数难测、身手不凡，若只是区区毛贼，未近其身，恐怕便已身首异处，所以银子被盗这个借口找得并不高明。"

凤紫这才注意到此人的存在，隐没于黑暗中的男人只露出半张脸，在月色的衬托下，那张脸看上去英俊而冷漠。与轩辕尔桀同行数日，她并不曾在他身边看到过这样一号人物。

细细打量男人的长相，她不客气地问："你是谁啊？"

男人掀开头上的帷帽，似笑非笑地看着凤紫："我是谁并不重要，重要的是，你们夜闯别人府邸，究竟抱有什么目的？"

洛千凰起初并没有注意到此人的存在，当那人揭开帷帽，露出真容时，她神色大惊，险些一个踉跄摔在地。此人不正是她夫君的父亲，当今太上皇轩辕容锦吗？

等等！仔细观瞧，这人非常年轻，初步猜测，也就二十出头。洛千凰脑中一片混乱。先是遇到年轻版的凤九卿，接着遇到年轻版的轩辕容锦。她所身处的世界，什么时候变得如此魔幻了？

凤紫在轩辕尔桀和赵墨青脸上来来回回扫视着，试探着问："秦公子，这人莫不是你的同胞兄弟？"

轩辕尔桀和赵墨青脸上的表情都很怪异，两人异口同声地回道："不是！"

第一百二十四章 召灵兽引人怀疑

千凰令
（十一）
凤谋无双
QIAN HUANG LING SHI YI
FENGMOU WUSHUANG

132

逍遥王府正厅，轩辕尔桀、赵墨青、凤紫、洛千凰围坐在檀木桌前面面相觑，彼此眼中尽是警惕。

经过短暂的一段沉默，轩辕尔桀看向凤紫，打破僵局："难道凤公子不想为自己的行为解释一二？"

洛千凰觉得自己委屈极了，千里迢迢赶来奉阳，却被人扣上一项"夜闯"的罪名，这让她如何忍得。

"有什么好解释的……"

就在洛千凰打算与轩辕尔桀讲道理时，凤紫神色淡然地拍拍洛千凰的肩膀，转而对轩辕尔桀说道："敢问秦公子，你与逍遥王之间有何亲缘关系？"

"他是我……"

"岳丈"二字险些出口，被轩辕尔桀硬生生又咽了回去。

世人皆知逍遥王的女儿嫁给了黑阙皇朝的荣德皇帝，一旦翁婿的身份被曝光，等于告诉面前这两个人，他就是荣德帝轩辕尔桀。在凤紫的真实身份未查清之前，他绝不能在外人面前暴露自己。

思忖片刻，轩辕尔桀随意捏造了一个身份："逍遥王是我远房族叔。"

远房族叔？趁人不备时，洛千凰偷偷翻了一记白眼，心中暗骂，这家伙真能胡诌。

见凤紫又将目光落到赵墨青脸上，轩辕尔桀不太情愿地为赵墨青捏造了一个身份："至于他，是我行走江湖结识的朋友——赵墨青。"

洛千凰暗暗品嚼着赵墨青这个名字，心中疑窦重重，不得其解。她怎么不知道，轩辕尔桀在行走江湖时，认识一个和他多长得一模一样的朋友？

悄悄打量了凤紫一眼，发现她对赵墨青这个人并未产生任何兴趣。看来，凤紫和赵墨青之间，应该是素不相识的。

凤紫的确没将赵墨青当一回事，轩辕尔桀自报完家门，她便接口说道："巧了，逍遥王妃是我远房姨母，秦公子，没想到你我之间还沾亲带故，这可真是大水冲了龙王庙，一家人不认一家人！"

轩辕尔桀眸光变冷，面色不悦："凤公子，这个玩笑并不好。"

凤紫挑眉反问："你觉得我在跟你开玩笑？"

轩辕尔桀气势不减："我与逍遥王相识良久，未曾听过王妃一脉有凤族存在。"

凤紫笑得不卑不亢："未曾听说，不代表没有。若非你我在此相遇，我又岂知秦公子居然是逍遥王的远房贤侄？"

见轩辕尔桀还欲争辩，凤紫不客气地截断他的话："秦公子没必要对我的身份来历这般质疑，你我途中多有切磋，我人品如何，秦公子应该有所了解。若我真的心怀不轨，大家也不会和谐相处到今时今日。总之，在没有利益冲突的情况下，你我始终是朋友而非敌人。"

赵墨青若有所思地打量着凤紫，隐隐觉得此人的言行举止十分熟悉。

一直未作声的洛千凰察觉到赵墨青异样的目光，趁人不备时，她不着痕迹地扯了扯凤紫的衣襟，朝赵墨青的方向努努下巴，低声问："你认得他吗？"

凤紫被问得一头雾水，神色迷茫地摇摇头，小声回道："我怎么可能会认得他？"

就在两人窃窃私语时，被派出去打探府内情况的周离和苏湛先后进来禀报情况。经过暗卫们的一番探查，偌大的逍遥王府居然真的空无一人。

这种情况委实诡异，就算主人下落不明，下人们应该留守王府看护庭院。如今庭院空空、渺无声迹，这让挂心父母安危的洛千凰瞬息之间没了头绪。她局促又无措的样子，被细心打量周遭一切的赵墨青尽收眼底。

凤紫察觉到赵墨青的异样目光，担心洛千凰焦急之下露出马脚，忽然起身说道："既然秦公子和赵公子有事要忙，我们夫妻二人便不多打扰。时间不早，先走一步，后会有期。"

"等等！"

轩辕尔桀挺身拦住凤紫和洛千凰的去路，不客气地问道："你们二人要去何处？"

凤紫将洛千凰护在身后，皮笑肉不笑地说："我们去何处，与你何干？"

与凤紫打过数次交道的轩辕尔桀深知此人我行我素、狂妄不羁，一旦与其正面为

千凰令
（十一）
凤谋无双
QIAN HUANG LING SHI YI
FENGMOU WUSHUANG

134

敌，势必如两虎相斗，落得两败俱伤的下场。

思忖片刻，他放缓语气，露出一抹真诚的笑容："凤公子别误会，我没有干涉你人身自由的念头。既然大家都是逍遥王夫妇的远亲，难道你不好奇，偌大的王府，为何主人不在，人去楼空？"

洛千凰按捺不住心底的焦躁，替凤紫回道："当然好奇。"

轩辕尔桀意味深长地看向洛千凰。

察觉到自己的行为也许会引起他人误会，洛千凰连忙为自己找借口："我们没说离开王府，只是不想在此打扰两位公子商谈正事。王府客房很多，今晚大家先各自休息，有什么疑问，待吃饱喝足之后继续商讨也不为迟。"

说完，她冲凤紫挤挤眼睛："是吧夫君？"

凤紫岂会看不出洛千凰心中的意图，逍遥王府是她的娘家，真相查明之前，她当然不可能离开这里。

十分配合地点了点头，凤紫说道："一路舟车劳顿，我夫妻二人先去休息。秦公子，赵公子，二位请便。"

众目睽睽之下，凤紫拉着洛千凰踏出厅门。

直到二人身影走远，轩辕尔桀才冲周离、苏湛使了个眼色，沉声道："密切留意他们的动向，别让他们跑了。"

两名侍卫齐齐应诺，悄无声息地跟了出去。

直到王府会客厅只剩下两个人，赵墨青才说出疑问："莫不是这夫妻二人有可疑之处？"

轩辕尔桀眉头紧蹙："可疑之处实在太多，细查之后方知真相。"

轩辕尔桀的种种怪异行为令赵墨青心生费解，他不明白，身为堂堂一国之君，为何对两个籍籍无名的路人如此在意。

直到离奇的一幕闯入视线，赵墨青才意识到，那个其貌不扬的女子，竟隐藏着不为人知的一面。

事情发生在翌日清晨，习惯早起的赵墨青像往常一样习武晨练，意外发现空中异象，一群身形不大、通体黝黑的鹩哥似乎在某种未知力量的召唤之下齐齐飞向王府某处。

赵墨青被这些不明来历的鹩哥所吸引，施展轻功前去探查时，眼睁睁看着这些鹩哥在凤紫"夫妻"居住的院落上空盘旋。

　　因为逍遥王府家丁散尽，且此事发生时天色还未大亮，所以除了赵墨青，并没有人注意到这令人惊异的一幕。

　　只见鹩哥们整齐有序地落在庭院枝头，那个据说叫"小千"的女子像做贼一样左顾右盼了好一阵，才鬼鬼祟祟地走向树枝，你一言我一语地与那些鹩哥交谈起来。

　　人类与鸟儿之间有问有答，彼此交谈的气氛看上去十分融洽。这场对话持续了将近半炷香的时间。

　　伴随着一道哨声的响起，鹩哥们像是得到了遣散的命令，在天色大亮之前，无声无息地飞出王府，直至消失无踪。

　　赵墨青暗暗震惊时，凤紫披着外袍从屋内走出。听到脚步声，"小千"转身朝凤紫走去。

　　两人站在院中低声交谈着什么，忽然，凤紫如鹰隼般的双眸直直朝赵墨青躲避的方向望过来。

　　赵墨青心尖一颤，虽然明知道自己躲藏的地方不可能被发现，当凤紫的视线从远处望过来时，他还是被她过于犀利的目光惊得浑身一震。就在赵墨青怀疑自己已经暴露时，凤紫扶着"小千"的手臂踏进了房门。

　　隐于暗处的赵墨青一阵唏嘘，不免对那个与鸟儿交谈的"小千"生出几分好奇之意。那女子样貌普通、身材瘦削，走在人群中绝不会让人多看一眼。如此平凡无奇的一个女子，居然可以在神不知鬼不觉的情况下驾驭飞禽。

　　小千？她的名字也叫小千？除了样貌南辕北辙，小千和洛千凰拥有相同的天赋以及雷同的名字，这究竟是意外还是巧合？

　　同一时间，被凤紫拉到屋内的洛千凰迫不及待地说道："准备一下，天亮之后咱们找个借口出使北漠。"

　　对北漠一无所知的凤紫不解地问道："北漠是哪儿？"

　　洛千凰语无伦次地解释："位于北部，自成一国，曾对黑阙发起过战争，虽然新帝登基，战事已平，但黑阙与北漠之间积怨已久，两国之间暗潮汹涌，并没有表面看着那么太平。那些鹩哥告诉我，大约一个月以前，一伙身穿异域服饰的不明人物曾踏足奉阳。这些人出现之前，逍遥王府并无异状。他们离开之后没多久，逍遥王府便人去楼空，管家仆役们不见踪影。我有充分的理由怀疑，爹娘遇险，很可能是北漠的不法分子在暗中搞鬼。"

听完洛千凰的一番讲述，凤紫揉着下巴蹙眉思索："按你推断的这个结果，你爹娘失踪，莫非是敌国北漠暗中所为？"

洛千凰尴尬地解释："北漠曾经与黑阙不合，自从萧倾尘接位，两国关系已渐有缓和，但这并不代表北漠其他文武官员愿意归降。"

"萧倾尘？"

"对！他是北漠的现任国君。"

凤紫饶有兴味地看向洛千凰："听语气，你与此人似乎关系匪浅。"

洛千凰连忙解释："旧相识而已，谈不上关系匪浅。"

凤紫明显不接受这个说法，笑着调侃："若我没猜错，这位北漠皇帝，应该曾经追求过你。"

洛千凰露出一个尴尬的笑容："往事已矣，不提也罢。眼下最重要的，是尽快寻到我爹娘的下落。"

小心翼翼地看向凤紫，她底气不足地说："此途凶险，生死难测。凤紫，若你不想与我一同前行，我不会……"

话未说完，便被凤紫打断："说什么傻话呢，这么好玩的事情，当然不能少了我。"

赵墨青此时的心情非常复杂，每每回想起晨练时看到的那一幕，都忍不住对那个叫小千的女子心生好奇。为了确认心中的猜测，他若有似无地向轩辕尔桀打探虚实。

赵墨青旁敲侧击的行为，令轩辕尔桀心生警惕。在感情方面，他极为敏感。

虽然赵墨青不止一次强调他已经成家立业，在彼此完全不相熟的情况下，轩辕尔桀还是忍不住质疑此人接近自己的真正目的。

赵墨青何等聪明，猜到轩辕尔桀可能是误会了他的真正意图，连忙解释："你别多想，我只是好奇，你夫妻二人向来形影不离。为何此次暗访北漠，令妻没有一路跟随？"

轩辕尔桀微微皱眉："你似乎对我的私生活很感兴趣？"

赵墨青坦然回道："令妻的天赋是解决困局的唯一希望，若你仍对我心存芥蒂，恐怕会影响你我未来的合作。"

轩辕尔桀很想说，我并不想与你合作。

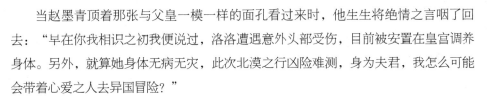

当赵墨青顶着那张与父皇一模一样的面孔看过来时，他生生将绝情之言咽了回去："早在你我相识之初我便说过，洛洛遭遇意外头部受伤，目前被安置在皇宫调养身体。另外，就算她身体无病无灾，此次北漠之行凶险难测，身为夫君，我怎么可能会带着心爱之人去异国冒险？"

察觉到赵墨青神色有异，轩辕尔桀忍不住问："直到现在你仍不信我？"

赵墨青不想二人互生龃龉，斟酌片刻，将清晨在凤紫院落捕捉到的那一幕向轩辕尔桀吐露出来。

认真听完他的描述，轩辕尔桀得出一个可笑的结论："所以你怀疑，那个其貌不扬的女子，是我家洛洛假扮的？"

赵墨青也觉得这个结论有些离奇，但他还是说出心中的想法："秦公子，我知道以下猜测可能会让你觉得荒谬可笑，但有些事细究起来，你不觉得疑点重重吗？先不说此小千与彼小千究竟是不是同一个人，就拿清晨我看到的那一幕来说，天底下除了令妻，莫非还有第二个女子精通驭兽之术？"

见轩辕尔桀蹙眉深思，赵墨青继续说道："我与令妻打过交道，用'大智若愚'来形容令妻的处世之道再合适不过。听你之前那番讲述，因儿女私情导致你夫妻二人关系失和，加之其父母在这个节骨眼遭遇不测、下落不明。依你对你妻子的了解，她会坐以待毙，还是奋而抵抗？"

轩辕尔桀想也不想便回道："自然是奋而抵抗。"

赵墨青摊摊双手："所以我刚刚的结论并非无迹可查……"

"你等等！"

轩辕尔桀抬手制止："洛洛她的确是反抗了，只不过在反抗的过程中发生了意外。"

赵墨青露出一个自负的笑容："你如此笃定，宫中养伤的那个女子就是你的结发妻子？"

轩辕尔桀有些恼怒："我怎么可能连心爱之人都辨认不出？"

赵墨青郑重提醒："你学富五车，阅历甚广，难道从未听说世上有一种骗术名为易容术？"

经赵墨青一番提点，轩辕尔桀如遭雷击，他怎么就没想过这个可能呢？

就在两人针对此事商讨之时，凤紫忽然带着洛千凰来到会客厅向两人辞行。

沉浸在小千与洛千凰可能是同一个人的猜测中的轩辕尔桀，目光肆无忌惮地扫向

千凰令
（十一）
凤谋无双
QIAN HUANG LING SHI YI
FENGMOU WUSHUANG

138

凤紫身后那个其貌不扬的小女人。

仔细观瞧，除了容貌和声音不同之外，她们的身高、体形，甚至举手投足间的一些小动作，居然有很多惊人的相似之处。难道真的如赵墨青所言，小千与洛洛，是同一个人？

感受到他的目光有些锐利，凤紫以保护者的姿态将洛千凰挡在自己身后："此次一别，不知何日重逢，秦公子，赵公子，二位保重，后会有期。"

说罢，凤紫拉着洛千凰转身欲走，被及时反应过来的轩辕尔桀挡住去路。

"你们要去何处？"

凤紫干脆利落地回了两个字："北漠！"

被凤紫挡在身后的洛千凰闻言一惊，大概没想到她会如此坦白。

凤紫递给洛千凰一个少安毋躁的眼神，对轩辕尔桀说道："我对内子承诺在先，婚后会带她游遍大江南北。听说北漠人杰地灵、物产丰富，既然此地距北漠只有咫尺之遥，当然要与心爱之人游览一番。"

听着凤紫用如此亲昵的称呼来形容他身边的女子，潜意识里已经将小千当成洛千凰的轩辕尔桀再也按捺不住心中的妒意，蛮横地将凤紫身后的洛千凰拉到面前，直言问道："你是不是洛洛？"

手腕被扯住的洛千凰神色大变，下意识地想要伸手去摸自己的脸，心中骇然，难道是伪装的那层人皮面具失效了？

手抬至一半，便被迅速反应过来的凤紫一把按住。

她面露怒容，强势地将怔愣中的洛千凰扯到自己身后："姓秦的，你不要太过分！小千是我明媒正娶的妻子，你当着夫君的面对别人的妻子拉拉扯扯，传扬出去就不怕辱没了自己的一世威名？"

轩辕尔桀的视线紧紧追随着洛千凰，见她像个受到惊吓的小可怜般紧紧躲在凤紫身后，颇有一种自家媳妇被心怀叵测之人拐走的错觉。

赵墨青见事态不妙，连忙出来打圆场："凤公子先别误会，秦兄离家多日，难免对府中亲人心生想念。许是令妻与秦夫人有太多相似之处，秦兄一时没控制住思念之情，唐突了令妻，还望凤公子大人大量，莫要着恼。"

凤紫没好气地瞪向赵墨青："若哪个不长眼的登徒子当着你的面唐突了你的妻子，你能大度无私地咽下这口气？"

赵墨青自负一笑："大丈夫行走江湖，当不拘小节。"

凤紫的态度十分冷硬："抱歉，我这个人非常护短，谁敢让我不痛快，我会让他全家不痛快。"

轩辕尔桀知道自己刚刚的行为过于冲动，在没有确凿的证据之前，贸然将别人的妻子当成洛洛，的确是欠缺了几分考虑。

虽然心里极不情愿，但在赵墨青的示意之下，他还是耐着性子向凤紫投降："抱歉，一时冲动，请多见谅。"

从凤紫的肩膀处望过去，洛千凰清楚地看到轩辕尔桀眼中的戾气有多骇人，她不由得自我检讨，究竟是哪里出了问题，为何短短一夜之间，他竟会对她心生怀疑？无论真相如何，此地万万不能久留。

轻轻扯了扯凤紫的衣袖，洛千凰小声提醒："赶紧走。"

凤紫点头，冲轩辕尔桀和赵墨青抱拳："告辞。"

"且慢！"

这次拦住凤紫的，是赵墨青。

凤紫的神色已经变得非常难看，没好气地反问："你待如何？"

赵墨青露出一个得体的笑容："凤公子不要误会，是这样的，我与秦兄一行人正好也要赶往北漠。既然大家要去同一个地方，何不结伴同行，路上也好有个照顾。"

凤紫拒绝得非常干脆："不必，我们夫妻习惯独行……"

轩辕尔桀似笑非笑地插口说道："凤公子昨日亲口所言，路遇劫匪被偷光了盘缠。既然身无分文、盘缠用光，我倒有些好奇，你们夫妻二人接下来的行程何以继续？"

他一改咄咄逼人的强硬姿态，笑着对凤紫提议："不如咱们来做个交易。"

凤紫稍稍挑眉："说来听听！"

洛千凰在凤紫耳边低语："此人心机太深，满腹算计，不管什么交易，咱们都做不得。"

见"小千"无所不用其极地来拆自己的台，轩辕尔桀更加笃定，这个小浑蛋，非洛千凰莫属。如果不是抓不到确凿证据，他此刻非常想将她拎过来狠狠教训一顿。

"凤公子，男子汉大丈夫，凡事要有主见才行。处处都被女人左右，免不得要被旁人看笑话。"

洛千凰反唇相讥："夫妻同心，其利断金。这句至理名言，秦公子难道没有听过？"

千凰令
（十一）

凤谋无双

QIAN HUANG LING SHI YI
FENG MOU WU SHUANG

140

"至理名言？"

轩辕尔桀忍不住冷笑："句子都说不明白，那叫二人同心，其利断金。"

洛千凰寸步不让："夫与妻，难道不是两个人？"

轩辕尔桀觉得自己一定是疯了，居然会为了鸡毛蒜皮的小事同她斤斤计较，他直接将目光移到凤紫脸上，自顾自说道："来奉阳之前，咱们有过数日同程经验。我敬重凤公子英明果敢、足智多谋，也钦佩小千姑娘妙手回春、医术高明，正好我们队伍中缺少两位处理突发性事件的能者与医者，既然大家的目的地都是北漠，彼此合作难道不是最明智的选择？"

说罢，他冲候在不远处的周离使了一个眼色。周离掏出一沓银票，客气地呈递到凤紫面前。

轩辕尔桀笑着说："这是合作的酬金，还望凤公子笑纳。"

洛千凰刚要将银票推拒回去，便被凤紫抢先接到手中。

凤紫露出一个灿烂的笑容："既然秦公子如此盛情，继续推却，倒显得我不通人情世理。"

洛千凰急得直跺脚，扯着凤紫的衣襟小声问道："你干吗要同意跟他合作？"

凤紫拍拍她的肩："秦公子说得对，你我身无分文，不便赶路。只要答应与秦公子合作，接下来在路上的一切花销，将由秦公子全权负责。是吧，秦公子？"

轩辕尔桀答应得非常爽快："那是自然！"

凤紫笑得见牙不见眼："既如此，未来一段时日，便劳烦秦公子破费了。"

说着，冲洛千凰挤了挤眼，仿佛在说，少安毋躁，此事我另有安排。洛千凰瞬间读懂凤紫的意思，未再出言反对。

搞定凤紫，轩辕尔桀和赵墨青向彼此投去心照不宣的笑容。只要将凤紫"夫妇"绑定在身边，接下来的行程中，他们便有足够的时间探知真相。

双方合作达成之后，众人决定晌午启程。

为了确保赶路途中物资充足，凤紫不但斥巨资重新购置了一辆豪华马车，还配备了许多衣物细软，以及锅碗瓢盆、油盐米面。

看着凤紫"夫妇"占便宜没够的种种惊人举动，赵墨青忍不住说道："事出反常必有妖，你有没有觉得这两个人很不对劲？"

此时，等待出行的队伍停在一家名为中草堂的药店门口。

在小千的号召下，周离、苏湛等人成了被她招之即来挥之即去的劳力。

轩辕尔桀面沉似水，默默无声地打量了好一会儿，才冷声说道："不管他们有何算计，一旦被我查到那个小千便是洛千凰，我自会找她算账。"

"赵兄，秦兄，在聊什么？"

一脸风流相的凤紫迈着小方步走向二人，脸上挂着疯狂购物之后的餍足笑容。

赵墨青坦然说道："在聊凤兄！"

凤紫唇边勾出一记玩味的笑容："我有什么好聊的？"

赵墨青若有所思地看着凤紫："我与秦兄都很好奇，像凤兄这种玉树临风、仪表堂堂的无双公子，怎会将如此其貌不扬的姑娘娶进家门？"

轩辕尔桀竖起耳朵，对凤紫接下来的话题很感兴趣。

看着不远处的洛千凰像个小管家婆一样指挥侍卫们搬运货物，凤紫笑着说："美丽的皮囊千篇一律，有趣的灵魂万里挑一。只要能与心爱之人长相厮守，又何必在意家世、外表这些身外俗物？"

这番话说得模棱两可，一心挂念洛千凰的轩辕尔桀却仿佛听出了几分道理。

凤紫并没有给两人太多琢磨的时间，状似无意地在轩辕尔桀和赵墨青脸上扫了几眼，她无比诚挚地问道："二位真的不是拥有相同血缘的同胞兄弟？"

轩辕尔桀和赵墨青都很反感这个话题，齐刷刷回道："绝对不是。"

凤紫勾唇笑了笑："凡事不要说得那么绝对，你二人年纪相仿，样貌相似，就算不是同胞兄弟，说不定冥冥之中也有着某种血缘的羁绊。"

这个话题令赵墨青一言难尽，辩解的话溜到嘴边，又被他生生咽了回去。

凤紫的话虽然带着调侃的意味，但他与轩辕尔桀之间确实有着某种不可言喻的血缘羁绊。

"另外……"

凤紫笑容可掬地冲轩辕尔桀拱了拱手："此次一行，多谢秦兄慷慨相助。"

轩辕尔桀瞬间回神，皮笑肉不笑地回道："无须客气。"

不远处，采购得差不多的洛千凰朝这边喊道："该买的物品已经购买完毕，启程吧。"

一行人马陆陆续续离开奉阳。

像往常一样，身为队伍中唯一一位女子，洛千凰被关在马车之中避不露面，这让一心想从她身上找到端倪的轩辕尔桀无从下手，只能静观其变，伺机而动。

按照目前的行进速度，从奉阳到北漠，至少需要七天时间。

千凰令
（十一）

凤谋无双

QIAN HUANG LING SHI YI
FENGMOU WUSHUANG

142

随着天色越来越阴沉，凤紫决定在天黑之前寻一处客栈暂做休整。

整整一夜相安无事，第二天清晨，周离将一个糟糕的消息汇报到他主子面前，凤紫与他的妻子小千，在神不知鬼不觉的情况下连夜溜走，不见了踪影。

轩辕尔桀这才后知后觉地发现，昨晚那一觉睡得格外沉，连梦都不曾做过一个。难道说，他事先被人下了药？背后给人下药这种下三烂的手段，果然是洛千凰那个小浑蛋干得出来的蠢事。

轩辕尔桀对周离下令："立刻启程追捕，他们逃不远。"

同一时间，通往北漠的官道上，凤紫驾着载有洛千凰的马车一路疾驰。

马车内载有大量物资，都是离开奉阳之前购置的生活必需品，足够二人日后所用。

看着官道两旁飞速而过的景色，洛千凰掀开车帘，对赶车的凤紫说道："安神药的药效最多只能维持三个时辰，一旦他们追过来，咱们恐怕有口难辩。"

凤紫回得胸有成竹："放心，到了下一个驿站，我会重新制作两张面具。就算他们追过来，也保证他们认不出我们易容之后的模样。"

洛千凰闻言一喜："难怪你让我购买大量珍稀药材，原来打的是这个主意。我正担心这张脸可能暴露了太多秘密，不然他昨日为何会在众目睽睽之下唤我洛洛？"

"别怕，他那番举动不过是诈你罢了。若他真的有确凿证据，绝不会眼睁睁看着你我二人同吃同宿。强制专横，是天底下所有男人的通病。"

洛千凰心有余悸地点点头："但愿他只是诈我而已。对了，凤紫，那位赵公子，你真的不认识？"

这是洛千凰第二次询问自己这个问题，凤紫不解地反问："我为什么要认识那个姓赵的？"

"因为他与那浑蛋的父亲长得一模一样。"

"那浑蛋是谁？"

"自然是我前任夫君。"

凤紫诧异地得出一个惊人的结论："所以说，他们不是兄弟，而是父子？"

"呃……"

洛千凰正欲反驳时，马车狠狠颠簸了一下，两人来不及做出反应，急速运转的车轮忽然以迅雷不及掩耳的速度飞出去一只。

即将摔落马车的洛千凰吓得失声尖叫，千钧一发之时，凤紫将洛千凰从车内拉出。两人安全落地的同时，运载着大批物资的马车以极其狼狈的姿态坍塌倒地。

锅碗瓢盆、衣物用品散了满地，马儿四蹄朝天，跌倒在地，宽敞豪华的马车车厢摔得四分五裂，受损程度堪比大型灾难现场。

突如其来的变故吓得洛千凰面色惨白，紧紧揪住凤紫的衣袖，她颤声问："怎么会这样？"

看着被甩飞数丈的马车车轮，凤紫表情难看地说："咱们被人算计了，这车轮，被人暗中动了手脚。"

"啊？谁这么缺德……"

凤紫冷笑一声："除了你那位心计颇深的前任夫君，还有谁能干出这种损人不利己的事情。看来，咱们连夜出逃的打算已经被他提前一步看穿了。"

洛千凰气得直跺脚："我早就说过，他那个人一肚子算计，定不会让别人占去便宜。"

这里前不着村，后不着店，闯入眼帘的除了一眼望不到头的长长官道，还有因翻车而散落出来的生活用品。

眼前的局面令洛千凰十分沮丧，哀声问道："这可如何是好？"

凤紫将慢悠悠滚落至脚边的白馒头一脚踹飞，忍着怨气说道："还能如何，留在这里等着吧。"

约莫过了半个时辰，轩辕尔桀和赵墨青一行人果然到来。

见凤紫和洛千凰垂头丧气地坐在路边，马背上的轩辕尔桀露出一个幸灾乐祸的笑容，他居高临下地说："凤兄，别来无恙。"

凤紫抬头看他一眼，哼笑道："这个局面，你满意了？"

轩辕尔桀神色从容："我不懂凤兄在说些什么。"

凤紫嘴角微弯："是真不懂，还是装不懂，咱们彼此心中有数。"

洛千凰小声咕哝："卑鄙。"

轩辕尔桀瞪向洛千凰，眼中尽是警告的冷芒。

洛千凰被瞪得气势一短，想想自己现在的立场，瞬间又不甘示弱地瞪回去，色厉内荏地呛道："你就是卑鄙！"

赵墨青驾着马儿踱向二人："凤兄，生而为人，要讲诚信。你与令妻不声不响带着物资连夜出逃，这种背信弃义、违反契约的行为，难道不该受到谴责吗？"

凤紫失算一筹，主动认栽，起身后落落大方地摊摊手："失信在先是我不对，但

千凰令
（十一）
风谋无双
QIAN HUANG LING SHI YI
FENGMOU WUSHUANG
144

你们故意在马车上动手脚的行为也算不上光明磊落。有来有往，大家扯平了。"

轩辕尔桀被凤紫的谬论气笑了："这事儿平不了。"

凤紫倨傲地反问："你想怎么样？"

"简单！"

赵墨青接口，从袖袋内抽出一份事先准备好的契约递向凤紫："只要凤兄签下合作协议，你背弃承诺一事，就此翻过。"

凤紫接过契约瞟了一眼，洛千凰也凑过来扫视契约内容。

契约的条件并不复杂，只要求凤紫夫妻在合作期间，必须无条件听从"秦朝阳"下达的每一道指令。

凤紫以最快的速度看完内容，皱眉瞪向轩辕尔桀："你要我夫妻二人为你卖命？"

轩辕尔桀冷声强调："并非卖命，而是合作。"

凤紫反问："若我执意拒绝呢？"

轩辕尔桀沉沉一笑："此处距最近的驿站要步行十几个时辰，凤兄倒是体力惊人，不过令妻身娇体弱，恐怕吃不了这个苦。何况你们这么多物资，如果没有马车拖运，凤兄与令妻的北漠之行将会困难重重。"

言下之意，你二人已经别无选择。

洛千凰趴在凤紫耳边小声说："我可以召唤动物过来帮忙。"

凤紫知道拖运之事难不倒洛千凰，可一旦她召唤来动物，真正的身份势必会曝光。这种捡了芝麻丢西瓜的买卖，她绝不会做。

面对赵墨青和轩辕尔桀同时投来的挑衅目光，凤紫干脆利落地咬破手指，当着二人的面，在契约上重重按下自己的手印。

当她戴着扳指的手呈现在众人面前时，原本并没有将凤紫这个路人当一回事的赵墨青，神色瞬间变得警惕。他纵身下马，踩着急切的步子走向凤紫，并出其不意地想要揪住凤紫的手腕。

凤紫岂会轻易给他人近身的机会，在赵墨青凑近之时，她以最快的速度向后退去："你要做什么？"

赵墨青语气焦急："凤兄，可以看看你的手吗？"

凤紫被他无理的要求气笑了："你有病吧？"

赵墨青并未退缩，连忙解释："别误会，我要看的不是你的手，而是你手上戴的那枚扳指。"

洛千凰微微皱眉，心中暗想，难道这位赵公子与凤紫是旧相识？

凤紫当着赵墨青的面晃了晃手上的扳指："扳指怎么了？"

赵墨青的视线紧紧追随着凤紫的扳指，语气变得有些激动："凤兄手上的这枚扳指，与……与我一位朋友的贴身之物极为相似。我这位朋友，她姓慕。"

说完，他认真观察凤紫的反应。

凤紫不甚在意地把玩着扳指："抱歉，我不认识姓慕的。"

赵墨青还欲追问下去，轩辕尔桀冲他做了一个制止的动作，似乎在提醒他，就算对凤紫有所猜疑，也要暗中探查，避免打草惊蛇。

赵墨青及时醒神，知道眼下不是刨根问底的时候，既然凤紫已经在合作契约上按下手印，短时间内，应该不会再生出逃跑的念头，未来的日子还长着，他有的是时间查明真相。

在周离、苏湛一行侍卫的整理下，散落的物资被重新规划调配，有用的留下，没用的丢掉。眼睁睁看着花巨资买来的衣裳细软被弃之荒野，洛千凰心疼得差点当众大哭出来。

为了赶路方便，众人只能轻装上路。凤紫和洛千凰共乘一骑，算是勉强找到了代步的工具。夜幕降临时，众人不得不在露天之地安营扎寨。

趁队伍休整时，憋了许久的洛千凰终于问出心底的疑问："凤紫，你有没有想过，那位赵公子，有可能真的是你的旧识。一枚小小的扳指便让他激动成那个样子，说不定……"

凤紫打断洛千凰的猜测："我记忆尽失，连自己是谁都搞不清楚，在敌友不明的情况下，绝不能在陌生人面前暴露自己，万一他曾经是我的敌人呢？害人之心不能有，防人之心不可无。"

洛千凰似懂非懂地点点头，想了想，又忍不住问："可你当日并没有防着我。"

见洛千凰一脸呆样，凤紫嘴边勾出一个好看的弧度。

她捏了捏洛千凰略有些婴儿肥的脸颊，笑着说："那是因为第一次看到你，我便发现你长了一张很好欺负的脸。"

见洛千凰委屈巴巴的模样，凤紫的态度中多了几分真诚："你天性纯善、干净透明，有一种与生俱来的亲和力。我想，那些小动物之所以心甘情愿受你差遣，正是被你这份难以言明的亲和力所吸引。"

千凰令
（十一）

凤谋无双

QIAN HUANG LING SHI YI
FENGMOU WUSHUANG

说话时，凤紫的目光瞟向不远处正在与下属低声交谈的轩辕尔桀，突然有些理解，那个强大而又聪明的男人，为何会对洛千凰如此痴迷。

与此同时，她的目光不经意落在与轩辕尔桀比肩而站的赵墨青脸上，并习惯性地摆弄着指尖的扳指，似乎陷入了某种深思。

第一百二十五章

闯毒林陷入绝境

营地内火光十足，篝火架上烤着几只野生山鸡。赵墨青、轩辕尔桀和凤紫三个人围坐在篝火前耐心等待着美食入口。只有偎坐在凤紫身边的洛千凰捧着一个干巴巴的烧饼有一口没一口地慢慢啃着。

赵墨青动作纯熟地翻动着火架上即将被烤熟的鸡肉，一时间香味四溢，给这空旷的荒郊野岭带来些许烟火气。

见洛千凰一口一口将圆圆的烧饼吃得只剩下一小半，赵墨青停下手里的动作，好意提醒："小千姑娘，烧饼又干又硬，吃多了对胃不好。你稍等一会儿，鸡肉马上就要熟了。"

洛千凰急忙摆手："赵公子不必客气，我素来以食素为主，对荤腥之物不感兴趣。"

正在往鸡肉上撒盐的轩辕尔桀听到这话，手下的动作微微一顿，他肆无忌惮地看向洛千凰，咄咄逼人地问道："你不吃荤？"

洛千凰看到他就没好脸色，带着火气说道："不吃荤犯了你家王法吗？"

她阴阳怪气的态度将轩辕尔桀气笑了："我没得罪过你吧？"

洛千凰愤愤不平地呛道："不仅得罪，还得罪大了。"

"这话说得可真是诛心，我什么时候得罪过你？"

洛千凰恨恨地咬了一口硬邦邦的烧饼，怨气冲天地说："你让人丢了我的锅碗瓢盆。"

轩辕尔桀面对指控有些哭笑不得："途中携带那么多没用的东西，只会拖慢前进的速度。"

洛千凰并不接受这番说辞："如果不是你在车轮上动手脚，会造成现在这种局面？"

"你半夜偷偷溜走，还溜得理直气壮了是吧？"

"我又不是你家奴仆，是去是留，与你何干？"

轩辕尔桀指着她手中捧着的半块烧饼："吃我的，穿我的，用我的，你还好意思跟我呛声？"

洛千凰气得一把将剩下的烧饼丢向远处，恼怒道："我不吃了，你满意了吧？"

凤紫阴恻恻的声音插了进来："不明真相的人，还以为秦兄与我媳妇儿在打情骂俏。"

一直围观的赵墨青深有同感地点点头："我与凤兄观点一致。"

洛千凰意识到自己再次真情流露，忙不迭地抱住凤紫的手臂，奉上一抹讨好的笑容："你才是我的亲亲夫君，我怎么可能会与其他男子打情骂俏？"

虽然还没抓到小千就是洛千凰的确凿证据，但眼睁睁看着"疑似"自己媳妇儿的女子与别的男子搂搂抱抱，轩辕尔桀的俊脸上还是不可避免地蒙上了一层刺骨的寒霜。

轩辕尔桀在心底暗暗诅咒发誓：洛千凰你给我等着，一旦被我抓到你骗我的证据，定要让你付出惨痛的代价。

面对凤紫投来的不善目光，轩辕尔桀耐着性子解释："不瞒凤兄，我妻子的名字与令妻相似，个性喜好也与令妻多有雷同之处。就拿喜素不喜荤这个习惯来说，我妻子与令妻几乎是一模一样。若非容貌大不相同，我真的难保不将两人认错。"

洛千凰哼道："连结发妻子都能认错，可见秦公子对令妻的感情也就那样。"

轩辕尔桀瞥她一眼："我与妻子之间的感情，还轮不到你一个外人来质疑。"

"我……"

洛千凰气得拔高声音就想跟他吵，猛然想起自己的身份，不得不偃旗息鼓，将胸口的怨气压了回去。

瞥见眼前的"小千"强忍怒气，轩辕尔桀故意气她："当然，既然是两个不同的个体，有相似的地方，自然也有不像的地方。凤兄的妻子聪明伶俐、口才极佳，而我家里那个不成器的，简直可以用愚钝呆笨来形容。那傻丫头大概是被我宠坏了，胸无大志、不学无术也就罢了，她还刁蛮任性不讲理，活生生就是一个小醋坛子。"

眼看"小千"被气得恨不能扑过来咬死自己，轩辕尔桀越说越起劲："正所谓国有国法，家有家规，不振夫纲，难以服众。尤其是我家那个身在福中不知福的小东西，仗着父母疼爱，夫君宠溺，无法无天到连皇权律法都视若无睹。等事情办完回到京城，我必要重振夫纲，狠狠管教，让她明白什么叫夫权大过天，收拾得她再不敢对

千凰令

（十一）

凤谋无双

QIAN HUANG LING, SHI YI
FENGMOU WUSHUANG.

150

自己的夫君生出半分忤逆之心。"

洛千凰真是快要被他这番言论气死了，就在她愤懑难平准备出言反击时，凤紫的声音插了进来："听秦兄的意思，莫不是对府上的嫂夫人多有不满？"

"并非如此！"

轩辕尔桀立刻反驳："正所谓爱之深，责之切。乖巧的时候自然要好好宠着，做错了事，当然也要狠狠责罚……"

说到"责罚"二字时，轩辕尔桀的目光紧紧胶着在"小千"的脸上，恨不能现在就以夫君的身份当面训斥。

始终未作声的赵墨青忽然提出反对观点："秦兄与令夫人这样的相处之道，我觉得并不可取。"

见众人齐齐望向自己，赵墨青径自说道："真正疼爱妻子的丈夫，应该在夫妻相处的过程中学会尊重和礼让，而不是仗着夫权的立场对心爱的另一半进行打压和控制。虽然父母和儿女皆是世间至亲，但真正会陪自己走完一生的那个人，终究是身边的另一半。只有宽容、信任和善待，才会与心爱之人走得长远。"

洛千凰听得连连点头，不禁对赵墨青另眼相看，她真心说道："日后嫁给赵公子的姑娘，定是天选之人、福泽深厚。"

赵墨青微微一笑："我已经成亲了。"

"啊？"

洛千凰意外又惊讶，忽然对赵墨青的身世来历心生好奇，因为这个人的样貌生得与她公爹轩辕荣锦实在太像，她忍不住猜测，此人与凤紫之间有何关系。

轩辕尔桀阴阳怪气地说："人家成不成亲，与你这个有夫之妇何干？"

洛千凰飞了他一记白眼："打听一下不行吗？"

她转而看向赵墨青，露出一个讨好的笑容："想必赵夫人定是一位人间绝色。"

赵墨青坦然点头："对，她的确很美，但真正吸引我的，是她的善良睿智与不拘一格的处世原则。在亲情上，她恩怨分明；在友情上，她重情重义；在感情上，她明辨是非。年少时我被奸人所害，双腿致残无法行走……"

听到这里，始终无动于衷的凤紫神色微微一变。

她习惯性地把玩着拇指上的扳指，仿佛在掩饰内心深处的暗涌。

赵墨青继续说道："身处低谷时，是她一点一点将我从黑暗拉向光明，同时让我懂得了友情与亲情的可贵之处。可以说，没有她，便没有现在的我。她不仅是我心中所爱，也是羁绊我灵魂的永世伴侣。"

赵墨青在讲述他妻子的时候，双眼始终看着凤紫。他在认真观察凤紫的反应，不为别的，只因为凤紫指上戴的那枚血玉扳指，与他妻子的贴身之物太过相似，就连把玩扳指的动作，都是惊人的一致。

面对凤紫的无动于衷，心里有些失望的同时，他不免对凤紫的身份生出好奇。

这个样貌英挺的"男人"，究竟来自何处？有什么秘密？为什么"他"手上会戴着与他妻子相似的贴身之物？

听得入神的洛千凰按捺不住心中的疑问，小心翼翼地问道："不知赵夫人现在何处？"

犹豫了片刻，赵墨青坦然说道："她失踪了。"

洛千凰大惊失色："失踪？"

赵墨青目光灼热地看向凤紫，见凤紫面无表情、神色淡然，他无奈说道："一些莫须有的原因，导致我们夫妻失和，彼此误会。如果能找到她，我会亲口告诉她，自始至终，我从未背叛过这段婚姻。"

洛千凰似懂非懂地点点头："夫妻嘛，磕磕碰碰在所难免。既然闹出了误会，只要面对面解释清楚，我相信她会原谅你的。"

赵墨青笑了笑："但愿如此。"

凤紫忽然站起身，对洛千凰说道："天色已晚，大家早点休息，明日清晨还要赶路。"

洛千凰迷茫地起身，指着火架上快要烤熟的山鸡说道："可是你还没吃晚饭……"

凤紫瞥了烤鸡一眼，淡然说道："太过油腻，没有食欲。"

她象征性地冲赵墨青和轩辕尔桀拱了拱手："二位慢用，不打扰了。"

说罢，凤紫径自离去。

洛千凰跌跌撞撞追了过去，一把挽住她的手臂："别走那么快嘛，等等我。"

一高一矮两道身影渐行渐远，而赵墨青的目光仍旧执着地黏在凤紫身上不肯收回，轩辕尔桀蹙眉问道："你该不会怀疑凤紫便是你心心念念想要找到的那个人吧？"

赵墨青收回目光，勾唇轻笑："我说过，世上有一种骗术名为易容。好巧不巧，我家里的那位，正好对此术极为精通。秦兄，诸多证据摆在眼前，难道你还不怀疑，

千凰令
（十一）

凤谋无双

QIAN HUANG LING SHI YI
FENGMOU WUSHUANG

152

凤紫身边的小千，与你宫中那位称病卧床的小千，根本就是同一个人吗？"

又是一夜相安无事。翌日清晨，众人重整行囊，开始上路。

按照地形图所示，仙夹岭是通往北漠的一条捷径，不刮大风不下暴雨的情况下，从仙夹岭抵达北漠只需短短两天时间。当然，如果不走仙夹岭，从官道绕行也可以在五天之内直达北漠。

面对眼前这两条路，众人一时犯了难。走捷径固然可以减少时间，但仙夹岭地形复杂，野兽频出，恐怕不利于众人行走。宽敞的官道自然是最好的选择，但面前的难题是，方圆几十里之内不见驿站，没有驿站，便无法供应众人途中所需的物资。一旦断水又断粮，形势对众人来说会更加不利。

在只能二选一的情况下，轩辕尔桀做出一个艰难的决定："走小路，从仙夹岭直通北漠。"

"我不同意！"

洛千凰第一个跳出来反对："我看过仙夹岭的相关记载，除了地形复杂之外，岭内某处可能还散发着大量瘴气……"

话未说完，便被轩辕尔桀出言打断："瘴气？这位小千姑娘，你究竟有没有最基本的常识？瘴气多出现在气候炎热的原始森林，动植物死后无人处理，在高温的环境下发霉腐烂，才会渐渐生成毒气。北漠位于中原最北部，就算现在正值夏季，早晚与白日的温差也相当大。在这种气候和环境下，你告诉我瘴气是如何形成的？"

洛千凰被问得无言以对，按照正常逻辑来判断，轩辕尔桀分析得并没有错。

此地偏北，气候干燥，出现瘴气的概率微乎其微。

但冥冥中仿佛有一个声音在提醒她，仙夹岭危险重重，前途未卜，一旦踏入，恐遭横祸。

她哀求似的看向凤紫，希望她可以站在自己的立场为她辩解几句。

凤紫揉着下巴陷入思索，接收到洛千凰递来的求助信号时，她言简意赅地说："走官道保险一些。"

轩辕尔桀固执地坚持自己的原则："走仙夹岭。"

洛千凰气得跳脚："都说了仙夹岭并非一条正确的途径。"

轩辕尔桀反问："你说了算还是我说了算？"

洛千凰呛声道："事关生死，你能不能不要这么霸道？"

轩辕尔桀被气笑了："听你的意思，是将仙夹岭当作鬼门关喽？"

洛千凰有些着急："我只是就事论事。"

"小千姑娘。"

赵墨青的声音传了过来："虽然你的担心并不为过，但在物资匮乏的情况下，这条捷径是咱们的必选之路。"

"可是……"

洛千凰还欲再说些什么，凤紫走到众人面前忽然说道："既然秦兄和赵兄与我夫妻二人意见相左，不如就此别过，各奔东西。"

轩辕尔桀冷笑一声："凤兄，不要忘了，咱们之间可是签过契约的。"

洛千凰气恼道："你眼里还有没有王法？"

轩辕尔桀不客气地回击："我就是王法。"

凤紫按住恼怒中的洛千凰，笑着说："既然秦兄心意已决，就按秦兄所言，走仙夹岭。不过我有一个要求，不管途中发生任何意外，都由秦兄一行人全权负责。"

轩辕尔桀气势不减，点头应道："我没意见！"

协议达成，众人开始继续赶路，从官道拐进仙夹岭，原本平坦的道路渐渐变得崎岖起来。

供人行走的羊肠小路越来越窄，周围的杂草足有半人之高，每走出一段距离，就会在路边发现小动物的尸体。

从尸体的腐烂程度不难看出，这些动物已经死了有一段时间。腐蚀后的尸体散发出一阵阵难闻的臭味，引来无数虫蚁苍蝇纷纷咬食。

与凤紫共乘一骑的洛千凰低声说道："你不该向恶势力妥协，咱们这是拿命在赌。"

凤紫警惕地打量着周围的环境，对洛千凰说道："若他真的撤回所有的物资，咱们势必会处于被动。"

说着，她讥讽地看向不远处的轩辕尔桀："寡不敌众，你我只能自认倒霉。"

轩辕尔桀瞪向这边："凤兄，背后讲人是非的时候，能不能小声一些？"

凤紫向他投去一个灿烂的笑容，直言问道："莫非秦兄听不得真话？"

轩辕尔桀回呛道："做人要讲诚信。别忘了，你与我可是签过契约的。"

凤紫冷笑："秦兄真是将强买强卖这四个字演绎得淋漓尽致。"

"强买强卖？"

千凰令
（十一）
凤谋无双
QIAN HUANG LING SHI YI
FENGMOU WUSHUANG
154

　　轩辕尔桀不甘示弱："难道签字画押是我逼迫你的？"

　　凤紫回得干脆利落："有没有逼迫，你心里清楚。"

　　洛千凰趁机点头："就是就是！"

　　轩辕尔桀睨向洛千凰："男人说话，你一个小女人插什么嘴？"

　　洛千凰瞪他。

　　轩辕尔桀忍下怒火："凤兄怕是不太懂得驯妻之道。"

　　凤紫将洛千凰护在自己身后，霸气地说道："小千是我媳妇，怎么宠怎么惯是我的事，外人无权干涉。"

　　洛千凰从凤紫身后探出脑袋，冲轩辕尔桀做了个鬼脸。

　　从旁围观的赵墨青忍俊不禁。

　　凤紫不客气地问："你笑什么？"

　　赵墨青笑着说："凤兄的脾气秉性，与我认识的那个人实在太像。说起来，我正在寻找的那个人，名字中也有一个紫字……"

　　就在赵墨青想要进一步与凤紫套近乎时，前面负责探路的侍卫们忽然齐齐停下脚步。

　　周离的声音从前面传来："主子，大事不妙，快向后撤！"

　　话音未落，原本晴朗明亮的天空骤然之间暗沉下来。惊恐的一幕在眼前发生，只见黑压压的一群乌鸦像是受到某种外力的操控，疯了一般朝人群袭击过来。

　　定睛观瞧，乌鸦的数量庞大得惊人，几乎将入眼可及的天空染成了黑色。马儿们仿佛受到惊吓，抬蹄嘶鸣，发出阵阵哀嚎。

　　周离、苏湛等侍卫动作迅速地拉弓上箭，对着满天的乌鸦展开射击，中了箭的乌鸦从天而落，掉在地上，发出噼里啪啦一阵声响。

　　死掉的乌鸦落地时，备受惊吓的毒虫蛇蚁从隐藏的草丛中一一现身，给这空旷的野外森林染上了一层恐怖之色。

　　饶是轩辕尔桀等人见惯了大场面，也被这突如其来的变故闹得措手不及。

　　赵墨青拔出腰间佩剑挥开几只乌鸦，惊愕地说道："怎么会发生这种异象？"

　　洛千凰气到无语："我早就说过，仙夹岭危险重重，并不是最佳选择。"

　　同样在与乌鸦搏斗的轩辕尔桀面带煞气："定是有人暗中埋伏，故意策划这场阴谋。"

　　凤紫利用暗器杀死几只袭来的乌鸦，眼看手中可以利用的暗器全部用光，一只体型硕大的乌鸦像疯了一样直向她俯冲过来。

眼睁睁看着乌鸦直奔面门，向来反应迅速的凤紫神色忽然呆滞了一下，脑海中似乎被开了个口子，无数陌生又熟悉的记忆汹涌而至。

千钧一发之际，赵墨青拔刀相助，一刀将乌鸦劈成两截。

"凤兄，你没事吧？"

看着赵墨青关切的面孔，凤紫的目光逐渐变得深邃起来，她情不自禁地唤道："维祯？"

"维祯"两个字她说得并不是很清楚，但赵墨青在听到她的低喃时，瞬息之间神色大变。

"紫苏？"

凤紫神色迷茫地捂住耳朵，自言自语道："紫苏？紫苏是谁？"

未等赵墨青讲明情况，陷入战斗的轩辕尔桀低叫一声，一条不知从哪里窜出来的小花蛇一口咬住他的手臂。

蛇身虽小，牙齿却是锋利无比，透过衣袖的布料，将他的手臂咬出鲜血。

眼看局势越来越失控，洛千凰意识到继续隐瞒身份只会让众人葬身此处。

她顾不得泄露身份会带来麻烦，将食指放至唇边，清脆而又熟悉的哨声响彻天际。

一把将花蛇撕下去的轩辕尔桀肆无忌惮地看向"小千"，脱口而出道："你果然就是洛千凰！"

然而接下来的变故完全不在众人的预料之内，可以驭兽的哨声非但没有挥退乌鸦，反而在无形中增加了这些乌鸦的攻击力。

第一次遇到这种情况的洛千凰大叫不妙："糟糕，这些乌鸦也被下了断心蛊。"

正说着，几十只乌鸦火速飞来，直奔赵墨青的眼珠处啄去。

仍纠结于凤紫真实身份的赵墨青一时失察，在乌鸦即将啄向自己时，被及时反应过来的凤紫一把推开。

她挥舞长剑，劈飞乌鸦，虽然剑势又快又稳，仍有漏网的乌鸦锲而不舍地向她啄来。

这些乌鸦就像疯了一样袭击人类，饶是凤紫反应机敏，还是在失察之下被乌鸦得逞。

眼看凤紫遇袭受伤，赵墨青终于从恍惚中醒过神，他拦腰抱住即将摔倒的凤紫，

千凰令

（十一）

凤谋无双

QIAN HUANG LING SHI YI
FENGMOU WUSHUANG

156

对众人说道："此地凶险，不宜久留，咱们必须尽快找到藏身之地。"

正所谓天无绝人之路，虽然乌鸦群的追击导致众人身陷险境，仙夹岭一处空置的山洞在危难之时成了众人的避身之所。

赵墨青将被乌鸦啄伤的凤紫背进山洞时，她的意识已经变得模糊不清。

周离和苏湛等侍卫守在洞口阻止疯狂的乌鸦飞进山洞，洛千凰则迫不及待地开始检查凤紫的伤势。

后颈和耳后两处分别被乌鸦啄出鲜血，为了避免伤口感染，洛千凰赶紧拿出常备药替凤紫消毒。

对医术一窍不通的赵墨青在旁边急得来回踱步，想要凑过去问明情况，又怕惊扰到洛千凰耽误她治病救人。

洞口已经在周离等人的努力下被暂时封住，成群的乌鸦飞不进来，只能在山洞口尖叫乱撞。

看着危局渐有好转，赵墨青后知后觉地想到轩辕尔桀也在刚刚那场动乱中被蛇咬伤。

见他面无表情地站在不远处盯着"小千"的一举一动，赵墨青轻声问："你没事吧？"

轩辕尔桀甩了甩被蛇咬过的手臂，冷声说："那蛇没毒，应该无碍！"

正说话间，两人听到凤紫传来一声痛苦的呻吟。

赵墨青满脸担忧地凑上前去探明情况，给凤紫敷药的洛千凰连忙解释："药接触伤口时会有刺痛感，这意味着我给她上的药已经开始发挥效用。"

赵墨青急切地问道："可有性命之危？"

洛千凰如实回道："从脉象来看，暂时没有。"

"以后呢？"

"这我目前无法确定，得等她醒来之后再进一步查看。"

"几时会醒？"

洛千凰看出他眼中的担忧和关切，直言说道："药劲过后就可醒来，保守估计应该需要一到两刻钟。"

她瞥见赵墨青腰间系挂的水囊，问道："赵公子，能借你的水囊一用吗？我想给凤紫喂些清水。"

赵墨青解下水囊，走到凤紫身边兀自说道："我来喂吧。"

他说着，非常强势地将昏迷中的凤紫抱进怀中，轻轻捧住她的下巴，小心翼翼地将清水喂进她的嘴巴里。

若非洛千凰早已知道凤紫是女儿身，看到赵墨青和凤紫"两个大男人"如此亲昵地抱在一起，定会被眼前这诡异的一幕给吓到。

她忍不住怀疑，赵墨青与凤紫二人，说不定真的是关系亲密的旧相识。她的手臂忽然被人拉住，待她回过神时，已经被轩辕尔桀强行拉到山洞的另一侧。洛千凰奋力甩开他的掌控，轩辕尔桀却像蛮牛一样紧紧揪着她手臂不放。

洛千凰又气又疼，怒而问道："秦公子，难道没人告诉过你男女授受不亲？"

轩辕尔桀极力压制着心中的怒火，一把将洛千凰按在山洞的墙壁上，低声吼道："事已至此，你还要演到什么时候？"

洛千凰被迫仰望着他俊美的面孔，倔强道："我不明白你的意思。"

轩辕尔桀抬手欲碰她的脸，被洛千凰及时拦住："你要做什么？"

轩辕尔桀手中的动作并未停下，哼笑道："自然是亲手揭开你的庐山真面目。"

他说着，不顾洛千凰的奋力挣扎，霸道地捏住她的下巴，在她张牙舞爪的反抗之下，不客气地将贴在她脸上的假面具撕掉。

武力值居于下风的洛千凰哪里是这蛮人的对手，凤紫花了好几天时间精心制作的人皮面具，就这么毫无预兆地在轩辕尔桀的撕扯下被破坏殆尽。扯去那层平凡的假皮，呈现在轩辕尔桀眼前的，不是他心心念念的洛洛还会是谁。

洛千凰见事态不妙，捂着脸恶人先告状："你好不讲理，不要忘了，离京之前，你已经被我给休掉了。"

"休掉？"

轩辕尔桀就像在重复一个天大的笑话："你以什么身份和立场当着我的面说出'休掉'二字？自古以来，只有妻子下堂，不曾出现过夫君被休。"

洛千凰扬着下巴不驯地反问："我就休了，你又能把我怎么样？"

"洛千凰，不要挑战我对你容忍的底线。"

洛千凰哼笑一声："有本事，你现在就杀了我。"

就在夫妻俩吵得不可开交时，赵墨青的声音传了过来："小千姑娘，她醒了。"

轩辕尔桀和洛千凰齐齐朝赵墨青的方向望过去，然后，二人看到了另一张面孔。

曾经与凤紫相处多日的洛千凰看到那张脸时倒还淡定，当轩辕尔桀看到面具下凤

千凰令
（十一）
凤谋无双

QIAN HUANG LING, SHI YI
FENGMOU WUSHUANG

158

紫的真实相貌时，彻底被眼前的这一幕给惊呆了。

不为别的，只因为凤紫的样貌，与母后凤九卿生得一般无二。

"母后？"出于本能反应，轩辕尔桀下意识地唤了一声。

洛千凰不客气地反问："你真的确定她是你母后？"

轩辕尔桀也觉得自己随便认亲的行为有些可笑，可凤紫与母后的样貌实在太像，不但五官如出一辙，就连身高体形也仿似同一人。

世间怎么会有如此奇怪又巧合的事情？

尤其当"赵墨青"和"凤紫"同时出现在轩辕尔桀面前时，他再也维持不住从前的淡定，厉声质问："你们两个究竟是谁？"

从昏迷中渐渐清醒过来的凤紫看到面具被撕掉的洛千凰时便猜到，两人精心策划的伪装在这一刻已经功亏一篑。

洛千凰很是抱歉地冲她摊摊双手，表示自己现在的处境也很危险。

面对轩辕尔桀咄咄逼人的质问，凤紫坦然回道："我们并不属于这里，若没记错，我真正的名字，应该叫慕紫苏。"

洛千凰面色一喜，连忙追问："你记忆恢复了？"

凤紫眉头紧锁，神色纠结："脑中的思绪有时明朗，有时混乱……"

赵墨青动作自然地拉住她的手，目光变得极为深邃："你只要记得我就够了。"

凤紫下意识地甩开赵墨青的手，不客气地说："别碰我。"

赵墨青保持着手臂被拍开的姿势，语气有些受伤："你是不是还在生我的气？"

凤紫看他的眼神非常冷漠："我对这个话题不感兴趣。"

赵墨青锲而不舍地再次拉住她的手，急切地解释："除了你，我没碰过其他人。"

凤紫回他一记冷笑："你碰没碰过其他人，与我有关系吗？"

"紫苏……"

"赵维祯，别让我继续讨厌你。"

看着两人越吵越凶，陷入冷战中的轩辕尔桀和洛千凰十分默契地对视彼此，看来这二位的情况比他们两个还要糟糕。

轩辕尔桀不客气地打断二人的争吵："谁能解释一下，这一切到底是怎么回事？"

半个时辰后，轩辕尔桀、洛千凰、凤紫和赵墨青四人围坐在熊熊燃烧的火堆前面面相觑。

洛千凰的反应较其他人略显迟钝一些，她扳着手指头分析了好一会儿，才得出一个结论："也就是说，你二人成亲已经一年有余，本来夫妻恩爱，伉俪情深，是人人羡慕的一对儿神仙佳偶。忽有一日，一个身怀六甲的女子跑到赵公子面前声称她腹中孩儿是赵公子的血脉，并要求赵公子给她封一个妃位……"

说到这里，洛千凰神色忽然大变："等等，妃位？难道赵公子的真实身份是一个皇帝？"

在洛千凰诧异的注视之下，赵墨青径自说道："天启王朝，帝号荣祯。"

"荣祯？"

这次，轩辕尔桀和洛千凰齐齐诧异。不为别的，只因为黑阙皇朝的上一任帝王，帝号也为荣祯。更扯的是，两位荣祯帝无论身材、样貌，以及与他们结为伴侣的妻子，几乎是一模一样。这种离奇的巧合，世间恐怕找不到第二例。

洛千凰弱弱地问："不知天启王朝坐落在黑阙的东南西北哪一方？"

凤紫干脆利落地替赵墨青回答了这个问题："一千年后。"

洛千凰听得瞠目结舌，呆怔了好一会儿，都没能从"一千年后"这个答案中醒过神。

赵墨青惊喜地拉住凤紫的手："你果然什么都想起来了。"

凤紫不客气地甩开他的手："只想起了一部分，其中包括你在和我成亲之后，与其他女子有染，并导致那女子怀上了你的亲生骨肉。"

"紫苏，那不是真的……"

轩辕尔桀无视二人激烈的争吵，他平静地看向赵墨青和凤紫，问道："赵维祯和慕紫苏，才是你们真正的名字？"

"对！"

赵墨青坦然承认："因为我和紫苏不属于这里，只有隐去真实姓名，才不会破坏世间的平衡法则。"

洛千凰揪住一个很关键的问题："也就是说，因为你们来到这里，所以与你们样貌相似的父皇母后才会离奇失踪？"

赵墨青点头："紫苏负气离宫的那个晚上，我调动宫中所有的侍卫全力寻找，一无所获的情况下，我想到了黑阙古墓。"

听到"黑阙古墓"四个字，轩辕尔桀和洛千凰同时变脸。

赵墨青继续说道："我明白你们此刻的疑惑，但事情发生在一千年后，那个时候，黑阙已经不存在了。关于未来的秘密我无法向你们一一透露，因为泄露天机，对你我双方都无好处。我只想说，我和紫苏与令父令母之间有不可割舍的宿世之缘。那夜电闪雷鸣、雨势庞大，我与紫苏争执时，空中劈下一道闪电。再醒来时，我便莫名出现在这个地方。"

听赵墨青说得头头是道，洛千凰不着痕迹地扯了扯凤紫的衣襟，低声问："他说的是不是真的啊？"

已经恢复本来模样的凤紫若有所思地凝望着拇指上的那枚血玉扳指，低声呢喃："引发这起意外的契机，应该就是这枚扳指。"

见众人纷纷望向自己，凤紫冷静地陈述："这枚扳指，是由凤九卿的耳饰所化成。按照古墓中的资料记载，我与凤九卿的命运息息相关，所以千年之后，她贴身佩戴过的私人饰物，才会以另一种方式辗转落到我的手中。换言之，她中有我，我中有她。"

饶是轩辕尔桀见多识广，一时间也很难消化赵墨青和凤紫二人带来的震撼。相较于心思过于复杂的轩辕尔桀，很快便接受这一切的洛千凰倒是比较好奇赵墨青与凤紫二人之间的感情。

因为与凤紫有过很长一段时间的相处，她已经在无形中将凤紫和凤九卿视为另一种意义上的同一个人。

见凤紫从头到尾冷着脸，她以手遮唇，低声问道："所以那个孩子，到底是不是他跟别人生的？"

赵墨青立时澄清："当然不是！"

凤紫冷笑："是与不是，你说了不算。"

"紫苏，你我成亲一年有余，我对你感情如何，你到现在还在质疑？"

凤紫的态度十分冷硬："我只相信我听到和看到的。"

赵墨青一时着急，有些语无伦次："你向来冰雪聪明，有异于常人的判断力，为何这次一口咬定我对你不贞？"

凤紫不客气地瞪向赵墨青："势之所迫，为帝者必然要面对选择。你初登大宝，羽翼未丰，为稳固朝局，可以做出任何牺牲。"

这番话，仿佛触到了洛千凰心中的最痛处。没想到强势如凤紫，在婚姻中所身处的立场也像她这般艰难又无奈。

回过神时才后知后觉地发现，她和轩辕尔桀并肩而坐，俨然一对儿"恩爱夫妻"。

忆想过去发生的种种，洛千凰满脸嫌弃地躲到凤紫身后，摆出一副"我要与你划清界限"的态度。

轩辕尔桀被洛千凰过于夸张的行为气得哭笑不得，见赵墨青和凤紫旁若无人地你挤对我，我斥责你，他没好气地出言制止："二位，这里绝非打情骂俏的场所，若想追究彼此的责任，等回到属于你们的地盘再翻旧账也不迟。"

洛千凰亲昵地勾住凤紫的手臂："既然来了，为什么要回？"

轩辕尔桀没好气地瞪向她："他们一天不离开这里，父皇母后便会永远消失在另一个国度。洛千凰，别忘了，你的家人，也在这场变故中下落不明。"

洛千凰这才想到，此次冒险出使北漠，最终的目的是要查到父母的踪迹。被轩辕尔桀痛斥一顿，她心里生出一股委屈，父母失踪，家人失散，就连婚姻也被她经营得一塌糊涂。仔细想想，她目前所面临的人生还真的是一团糟。

凤紫安慰地拍拍她的肩："我答应过会帮你找回父母，就一定不会食言。"

赵墨青动作亲昵地将手搭在凤紫的肩膀上，朝洛千凰露出一个得体的笑容："我们帮你寻回父母，你帮我们寻找退路。大家各取所需，互相帮忙，希望在未来的一段日子里，彼此之间合作愉快。"

凤紫不客气地推开赵墨青，面带警告地瞪他一眼。赵墨青不气不恼，好脾气地凑到凤紫身边，非要用实际行动向众人证明他和凤紫才是真真正正的一家人。

洛千凰听得云里雾里："寻找退路？什么退路？"

赵墨青回道："自然是回天启的退路。"

见洛千凰不知所措，赵墨青连忙解释："素闻小千姑娘天赋异禀，可用哨声驾驭世间百兽。此次变故导致乾坤逆转，异象频发。据史料记载，只要寻到隐于尘世的康多神鹫，便可由它带路，助我夫妻二人寻到归去之径。"

轩辕尔桀嗤笑："这世间哪有什么康多神鹫？"

"有！"

第一个拆他台的，居然是洛千凰，她一本正经地说道："康多神鹫，外形似鹰，体长三十六寸，重百余斤，展翼约九尺，堪称世间最大的飞禽。只不过……"

洛千凰为难地看向赵墨青："此鹫已濒临绝种，饶是我懂得驭兽之术，恐怕也召唤不来这样的神物。另外，摆在咱们眼前最大的难题，是潜伏在暗处的那个幕后敌手似乎精通巫蛊之术。若没猜错，当初那些半路拦截我们的刺客，与操控乌鸦袭击我们

千凰令
（十一）
凤谋无双
QIAN HUANG LING SHI YI
FENGMOU WUSHUANG

162

的指使者应该是同一个人。"

赵墨青得出一个结论："我还是觉得，幕后指使者，就是北漠皇族。"

"不会！"

轩辕尔桀和洛千凰一致否定。

两人彼此对视一眼，轩辕尔桀说道："北漠新君萧倾尘拥有黑阙、北漠两国血脉，他初掌大权，根基不稳，绝不敢在这种情况下发动战争。另外，出京之前，我曾收到过萧倾尘派人送来的求救信号，北漠内乱，有人不满朝堂政局，他的地位可能已经受到威胁。"

洛千凰神色惊讶："萧倾尘出事了？"

轩辕尔桀如实说道："北漠真正的情况，我目前尚不得知。此次秘密出京赶往北漠，就是想一探究竟，再做定夺。万一北漠真的失控，黑阙与北漠之间，怕是会迎来第二次战争。"

洛千凰对"战争"二字深恶痛绝，想到所有的阴谋诡计皆与战乱有关，她便恨不能将幕后策划者揪出来惩治。

陷入沉默的凤紫忽然抓住了事情的重点，她一手指向轩辕尔桀："第一步，借你之手除掉小千。第二步，率领巫蛊之队席卷黑阙。"

见众人纷纷望向自己，凤紫毫不避讳地说出自己的猜测："冷宫之乱，借刀杀人，种种事件的矛头直接指向拥有驭兽天赋的洛千凰。你们想想，一旦小千身死其中，等于折断了黑阙一半的羽翼。若北漠趁机攻打黑阙，会酿成怎样的后果，想必诸位心知肚明。"

一袭话，听得众人心事重重。尤其是轩辕尔桀，仔细回想过去种种，所有的阴谋，确实直接指向洛千凰。

一旦他在奸人的挑唆下对洛千凰做出过分之举，势必会夫妻离心，破镜难圆。北漠铁骑名扬千里，却唯独忌惮洛千凰在战场上召唤过来的那些动物大军。只有除掉洛千凰，北漠才会重整旗鼓，再震雄威。

呵！千算万算，没想到北漠竟包藏了这种祸心。肮脏的真相被揭穿，大家的心情都很复杂。

山洞外仍有乌鸦徘徊，为了不触乌鸦的霉头，众人只能困在洞内暂避危险。简简单单吃过晚饭，凤紫便因为身上有伤早早歇下。

赵墨青寸步不离地陪在凤紫身边贴身照顾，轩辕尔桀不想打扰他们夫妻重聚，拉着洛千凰躲到了山洞的另一侧。

两人的矛盾并没有因为久别重逢而解决，相反，当洛千凰深切体会到凤紫的无奈时，更坚定了远离皇族、追求自由的信念。

连凤紫这种独立、聪慧、霸气的女子都在皇权的欺压下活得水深火热，她洛千凰又何德何能，敢拍胸脯保证自己未来的日子会岁月静好。

在权势和利益面前，婚姻和爱情过于奢侈，与其求而不得，倒不如让它随风而去。

轩辕尔桀对洛千凰无视婚姻契约，一心想要放任自我的态度倍感不满："你就用这种轻慢的态度来对待我们两人的感情？"

洛千凰被他的质问气笑了："先背叛这段婚姻的那个人是你才对吧。冷宫、纳妃、甄选秀女，所有该做的和不该做的，你从头到尾做了个遍。"

"我那是……"

"不用解释！"

洛千凰没好气地打断他的话："我知道你想说，你做的每一个决定，都是为了朝廷的利益。我身为黑阙的一国之母，为什么不能站在你的立场替你着想？可事实上，我真的没有替你着想吗？当余简以皇贵妃的身份要求入住后宫时，我可曾说过半句反对之言？你想封妃，我便让你封妃；你想纳妾，我便许你纳妾；你看我不顺眼的时候将我关入冷宫，我废话都不说一句便如你所愿进了冷宫。我认真执行你下达的每一道命令，做到这种地步你还觉得我不够称职，我只能选择放弃，远远离开那处是非之地。"

轩辕尔桀被她呛得无言以对，正欲替自己辩驳几句，把守洞口的苏湛踩着急切的步子走向这边。

"主子，洞外好像来了一群不速之客。"

事关性命安危，轩辕尔桀顾不得儿女情长，立刻起身迎向洞口，准备与夜袭之人一较高下。

一个身穿黑衣的高大男子以雷霆之势闯入洞内，随之而来的，是一群训练有素的黑衣人。

轩辕尔桀率领众侍卫与这群闯入者进行对峙，洛千凰借着洞内微弱的火光，仔细打量那人的容貌。

在火光的跳动下，隐约看到为首的那个黑衣人身材健硕、高大俊美，如鹰隼般犀利的黑眸在微光之下显得灼灼逼人。

就在双方人马即将陷入缠斗时，洛千凰忽然喊道："快住手，他是我爹！"

洛千凰骤然发出的一声高喊，惊得洞内之人神色大变。因为夜里光线太暗，唯一还在燃烧的火堆因为柴火不足已呈现渐渐熄灭之态。

当这伙不明来历的黑衣人像煞星一样闯进山洞时，很难不让人怀疑他们是否带着杀人的动机。

幸亏洛千凰在双方人马一触即发时及时叫停，借着微弱的光线仔细打量来人的长相，轩辕尔桀一把将抽出来的长剑收回剑鞘，眼中露出久违的惊喜："岳父？"

为首的黑衣男子，不是失踪已久的骆逍遥还会是谁？

洛千凰难以掩饰内心的雀跃，飞也似的朝骆逍遥的怀中扑了过去，失声喊道："爹，真的是你，你还活着。"

（关于赵维祯和慕紫苏的精彩故事，请大家关注《二两皇妃千千岁》套系小说，与《凤九卿》《千凰令》有着千丝万缕联系的紧密剧情，不容错过！）

——本季完——